Im Haifischbecken

Thomas Coller, Leiter einer Werbeagentur, muss gegen unsaubere und trickreiche Konkurrenz antreten. Er verliert beinahe seine Existenz. Seine Familie hält indes wie Pech und Schwefel zusammen. Sie überstehen alle Tiefschläge, müssen sich noch mit der Drogenmafia anlegen. Ein spannender, aktionsreicher Gesellschaftsroman, dessen Protagonisten sich in rasendem Tempo durch die Schlechtigkeit dieser Welt kämpfen.

Über den Autor
Bernd Ellermann arbeitet als freiberuflicher Journalist und Fachautor in München. Vorher war er viele Jahre im PR-Sektor in der Finanzdienstleistungs-Branche tätig.

BERND ELLERMANN

Im Haifischbecken

Roman

Bibliografische Information der Deutschen Nationalbibliothek:
Die Deutsche Nationalbibliothek verzeichnet diese Publikation in der Deutschen Nationalbibliografie; detaillierte bibliografische Daten sind im Internet über http://dnb.d-nb.de abrufbar.

© 2017 Bernd Ellermann
Bild Covervorderseite: Uta Ellermann
Satz, Umschlaggestaltung, Herstellung und Verlag: BoD- Books on Demand
ISBN: 978-3-7431-4147-6

Hinweis: Alle Personen sind frei erfunden.
Etwaige Namensähnlichkeiten sind reiner Zufall.

Kapitel 1

Die Tür flog auf. Mit schnellen Schritten eilte er in den Saal. Er war kaum über dreißig, trug einen enggeschnittenen hellgrauen Anzug mit einer auffallend roten Krawatte. Er hatte ein etwas vogelartiges Gesicht, mit vorstehender großer Nase und stechenden Augen. Peter Ostermann, Werbeleiter seines Unternehmens, bemühte sich offensichtlich dynamisch zu wirken.

Denn heute war sein großer Tag. Er hatte zwei Werbeagenturen zur Präsentation eingeladen. Seine Mitarbeiter folgten ihm und eilten geschäftig hin und her. Einer richtete den Beamer ein, ein anderer zog eine große Leinwand hoch. Ostermann prüfte den aufgestellten Stehpult.

Alles musste klappen.

Ostermann hatte eine schwere Zeit hinter sich. Eine vor drei Monaten gestartete Marktumfrage ergab, dass sein Unternehmen, die Septima-Versicherung, einen geringen Bekanntheitsgrad aufwies. Der Vorstand zitierte Ostermann zu sich. Er war der

Verantwortliche. Umso mehr, da er die kleinere PR-Abteilung auch unter sich vereinen konnte.

Der Bereich Kommunikation, den er als Prokurist leitete, war dem Vertriebsressort zugeordnet. Und der Vertriebsvorstand musste wiederum an den Vorstandsvorsitzenden berichten. Die Position von Ostermann wackelte. Ein neues Erscheinungsbild musste her. Das war klar.

Er konnte seinen Chef überzeugen, die jetzige Werbeagentur zu kündigen und den Etat neu auszuschreiben. Denn auch der Vertriebsvorstand war unter Druck. Die Septima, ein mittelgroßer Versicherer, dümpelte so dahin. Viele Sparten schrieben rote Zahlen. Und der Mehrheitsaktionär, eine reiche Industriellen-Familie, drohte, den Versicherer zu verkaufen. Übernahmeangebote lagen schon vor. Ostermann wusste: Bei einer Übernahme wäre sein Job perdu – und der des Vertriebschefs ebenso.

Als die Unternehmensverantwortlichen Platz genommen hatten, bat Ostermann die erste Agentur in den großen Schulungsraum. Die Werbecrew von Führmann & Partner betrat den Saal. Führmann analysierte die Jetzt-Situation und präsentierte anschließend ein Maßnahmen-Bündel, um die Septima und ihre Produkte bekannter zu machen.

Nach zwei Stunden hatte die Agentur Meyerbeer & Coller die Chance ihre Version für den künftigen Werbeauftritt des Unternehmens darzustellen. In der Analyse kam die zweite Agentur zum gleichen Ergebnis wie Führmann, zog aber daraus ganz andere Konsequenzen hinsichtlich Erscheinungsbild und Produkt-Präsentation.

Nach den Präsentationen, als alle gegangen waren, bat Ostermann Meyerbeer und sein Juniorpartner zu bleiben. Er machte eine großzügige Geste und meinte:

»Ihre Präsentation hat mir durchweg gefallen. Sie haben – im Gegensatz zu Ihrem Konkurrenten – die Werbebotschaft an den Verstand gerichtet. Ihr Konzept scheint mir durchdacht!«

»Das freut mich«, sagte Ralph Meyerbeer. Er und sein Juniorpartner Thomas Coller hatten die Chance gewittert, den Kampf um den Werbeetat des regionalen Versicherungsunternehmens aufzunehmen. Die Agentur

Meyerbeer & Coller hatte in der Tat eine durchgängige Präsentation gezeigt.

»Wir sind davon ausgegangen«, ergänzte Coller, „dass der heutige Kunde rational handelt. Was investiere ich und was bekomme ich zurück?«

»Ihr Konkurrent hat genau das Gegenteil behauptet. Versicherung sei eine emotionale Sache, nicht greifbar, nicht berechenbar. Da ist natürlich was dran. Wenn ich einen Mercedes kaufe, sehe ich das Auto vor mir – wenn ich eine Police erwerbe, sehe ich erstmal nichts ...«

»Ich glaube«, meinte Meyerbeer, »der Kunde von heute ist aufgeklärt. Er kauft nicht aus dem Bauchgefühl heraus, er denkt und handelt rational.«

Ostermann machte eine zustimmende Geste:

»Wie dem auch sei. Ich kann nicht allein entscheiden. Sie haben ja gesehen, wer bei der Präsentation dabei war: der Vertriebsvorstand, der Marketingleiter, der Pressemensch, der Referent für die Marktforschung ...Wir informieren Sie, wenn die Entscheidung gefallen ist. Bis dahin alles Gute!«

Ostermann erhob sich, begleitete die beiden Herren zur Türe.

Als die beiden im Auto saßen, sagte Coller: »Der Werbeleiter wird sich für uns stark machen. Bei dem Vertriebschef weiß ich nicht so recht. Er war sehr zurückhaltend.«

»Das ist doch immer so«, entgegnete Meyerbeer, »die Vorstände warten erst mal ab, was die Untergebenen sagen. Würden sie vorher ihre Meinung kundtun, sagen alle ›Wir sind ganz Ihrer Meinung, Herr Direktor!‹«

Beide lachten. Thomas Coller war unsicher, ob sie den Etat bekommen würden.

Er war vor einiger Zeit als Juniorpartner in die Agentur von Meyerbeer eingetreten. Thomas hatte Ralph Meyerbeer auf einer Party kennen gelernt. Beide hatten sich auf Anhieb gut verstanden.

Meyerbeer, der Ältere, führte eine Mini-Agentur, strebte aber nach Höherem. Nicht zuletzt, weil er von seinem vermögendem Vater einiges geerbt hatte. Er schätzte Thomas, der damals als Kontakter und Texter in einer Konkurrenzagentur zweifellos unterfordert war.

Thomas kündigte damals sehr schnell, als

ihm Meyerbeer ein interessantes Angebot unterbreitete. Meyerbeer brachte das Kapital ein und Thomas den creativen Part. Er wurde als Juniorpartner Mitinhaber.

Er musste sich auch finanziell dringend verbessern. Immerhin hatte er Ehefrau und zwei pubertierende Kinder. Seine Frau brachte indes als freiberufliche Grafikerin doch gutes Geld nach Hause. Wegen ihrer Dynamik wurde sie bald nur noch Power-Tina gerufen.

Tina schaffte es, Beruf, Kinder, Haushalt unter einen Hut zu bringen. Die Familie wohnte in einem kleinen Reihenhaus im Osten von München. Nur zwei Straßen weiter war das Gymnasium, das Julian und Mia besuchten.

Tina hatte die Meisterschule für Mode in München besucht, dann in einem Verlag als Grafikerin gearbeitet. Als die Kinder kamen, machte sie sich selbständig. Nach und nach arbeitet sie auch für die neue Agentur ihres Mannes.

So bekam sie auch mit, mit welchen harten Bandagen in dieser Branche gekämpft wurde. Kunden wurden akquiriert, die ruckzuck wieder absprangen. Und die Wettbewerber scheuten vor keinem Trick zurück.

»Das ist ja ein einziges Hauen und Stechen«, sagte sie eines Abends zu Thomas, »hoffentlich bekommt ihr den Etat von dieser Versicherung!«

»Ich hoffe es auch«, meinte Thomas.»Das Problem ist, dass die Leute, die entscheiden, nicht in der Lage sind, sich in die Sicht der Kunden zu versetzen!«

»Wie meist Du das?«

»Sie entscheiden sich nur für das, was ihnen persönlich gefällt. Du musst aber immer denken, kommt dein Produkt im Markt an?«

Schon in seiner Ausbildung zum Werbekaufmann in einer Münchner Fachakademie hatte sein Mentor immer den gleichen Spruch wiederholt:

»Der Wurm muss dem Fisch schmecken, nicht dem Angler!«

In vielen Präsentationen hatte sich dieser Eindruck bei ihm verfestigt. Das galt vor allem für die ältere Generation; die jüngeren Semester waren da marktorientierter. Meyerbeer und er hatten schon Witze gemacht, wem was gefallen würde.

Meyerbeer war gut vernetzt und so kamen nach und nach immer größere Aufträge ins

Haus. Das Personal wurde vergrößert. Die Firma mauserte sich zu einer Fullservice-Agentur. Mit den Aufträgen stiegen auch die Kosten.

Thomas erinnerte sich als sie den Etat eines Dessous-Herstellers bekamen. Da wollte doch der Fotograf mit seinen Models nach Marokko fliegen, weil nur da das Licht für seine Aufnahmen optimal gewesen wäre. Thomas stoppte den Foto-Künstler und mietete dafür auf dem Filmgelände in Geiselgasteig ein Studio an. Er dachte mit Wehmut an diese Dessous-Kampagnen. Leider wurde die Wäschefirma, Thomas nannte sie »BHW – Bayerische Hebewerke«, bald von einem Großen der Branche aufgekauft und der Etat war wieder weg. Dafür kamen andere.

Mit den Aufträgen stiegen auch die Ansprüche der Werbekunden. Nicht wenige Manager wollten ihren internationalen Hang dokumentieren. Das war ein genereller Trend. Die Werbeagenturen ihrerseits produzierten sich mit geschwollenen Fachchinesisch, respektive Werbeenglisch. Sie sprachen von der unverwechselbaren Positionierung USP (Unique Selling Proposition), vom Corporate Design, Corporate Identity etcetera, etcetera ...

So entstanden Slogans wie »Come in and find out«, was die Leute übersetzten: Komm herein und finde wieder heraus. Oder »Be inspired« – war das eine Bieneninspektion? War der Aufruf »Broadcast yourself« eine Anleitung zum Bau eines Brotkastens? Und war der Slogan »Stimulate your senses« eine Aufforderung zur Selbstbefriedigung?

Tina lachte sich schief, als Thomas mal eine Untersuchung zu diesem Thema nach Haus brachte. Sie übersetzte »Drive alive« mit »Überlebe die Fahrt« und »Powered by emotion« mit »Kraft durch Freude«. Thomas brachte noch einige unterhaltsame Beispiele.

»Weißt Du«, sagte Thomas, »die Amis und Engländer lachen sich kaputt über den deutschen Drang zum Englischen. Das ist ein alberner Anglizismus. Ich rate den Kunden immer davon ab, denn die meisten Leser oder Hörer verstehen das überhaupt nicht.«

»Zudem kommt hinzu«, meinte Tina, »die Leute werden doch so voll gelabert mit Werbung. Da bleibt doch kaum was hängen!«

»Genau. Nach neuester Untersuchung bleiben noch höchstens paar Prozent hängen. Früher ging man noch von 50 Prozent aus. Ich darf das den Kunden gar nicht sagen, dann sparen sie gleich den Werbeetat ein!«

Kapitel 2

Meyerbeer rief Thomas an: »Kommen Sie mal rüber.«

Thomas ging gleich. Das Büro von Meyerbeer strahlte Gediegenheit aus, fast eine altmodische Anmutung. Die Einrichtung schien nicht die einer Werbeagentur zu sein. Aber es zeichnete den Charakter des Besitzers ganz gut. Meyerbeer war einer von denen, die seriöse Werbung machen wollten. Dennoch bemühte er sich immer, den Blick auf die moderne Entwicklung zu behalten. Und er war auch auf der Höhe der Zeit, wie Thomas immer wieder feststellen konnte.

»Der Werbeleiter der Septima Versicherung hat angerufen. Wir sollen morgen Nachmittag zu ihm kommen!«

»Ja, wie sieht es aus?«

» Er hat nichts gesagt.«

»Was heißt das?«

»Wenn er absagen wollte, hätte er das doch telefonisch machen können.«

»Also dürfte es gut aussehen!«

Als beide dann ins Büro von Ostermann

kamen, hatte Thomas ein ungutes Gefühl. Warum, wusste er nicht. Aber es trog ihn nicht. Der Werbeleiter residierte in einem schicken Büro, das ganz anders aussah als das von Meyerbeer und auch sein eigenes. Überall hingen Poster, Fotos, Merkzettel. Der Schreibtisch war überladen mit allerlei Papierkram und Akten. Links hing ein kleiner TV-Bildschirm, daneben lagen Cassetten, USB-Sticks, Kopfhörer. Auf dem Regal stand ein großes Apple-Tablet.

Der Werbeleiter räusperte sich: »Ich muss Ihnen leider mitteilen, dass der Etat anders vergeben wurde. Ich hätte Ihnen das auch am Telefon sagen können, aber genau das wollte ich nicht. Wir kennen uns schon seit geraumer Zeit Herr Meyerbeer.«

»Das ist schade«; meinte Meyerbeer, »ich dachte, wir hätten Sie überzeugt ...«

»Haben Sie auch«, entgegnete Ostermann, »aber ich konnte allein nicht entscheiden. Der Vertriebschef wollte Führmann & Partner, also Ihren Konkurrenten, haben. Da sind die anderen umgefallen.«

Er beugte sich vor und senkte die Stimme: »Irgendwas ist da im Hintergrund gelaufen!

Es kommt noch was. Unser Vertriebsvorstand hat Schwierigkeiten mit der virtuellen Kommunikation und der Digitalisierung. Von Online-Werbung will er zum Beispiel nichts wissen, verstehen Sie.«

Sie verabschiedeten sich. Im Auto machte Thomas seinem Ärger Luft:

»Da ist doch was im Busch. Ich vermute mal eine Verbindung zwischen Vorstand und Führmann & Partner. Das war doch angedeutet.«

Meyerbeer nickte: »Da ist was dran. Noch eins: Die älteren Herren glauben immer noch, dass die Kunden noch immer so viel Zeit hätten wie früher und lesen Anzeigen.«

Meyerbeer sprach einen wichtigen Trend an. Die traditionellen Print-Medien tun sich immer schwerer, im Kampf mit der Aufmerksamkeit mitzuhalten. Die Auflagen gehen zurück. Auf breiter Front. Aber selbst Onlinewerbung tut sich schwer. Nach einer neuen Untersuchung sind 50 Prozent der Leser, die einen Onlineartikel anklicken, nach 15 Sekunden wieder weg.

Der Werbepreis wiederum orientiert sich an der Anzahl der Klicks. Deshalb versuchen

Anbieter mit reißerischen Überschriften, Bildergalerien und anderen Dingen die Zahl der Klicks zu erhöhen. Entscheidend wäre aber zu wissen, wie lange der Leser bei dem Artikel bleibt. Und tatsächlich gibt es Bestrebungen, die Zeit zu messen, wie viele Kunden einen Artikel oder Werbespot wie lange gesehen haben.

»Es ändert sich alles so schnell«, meinte Thomas, »dass viele einfach nicht mehr mitkommen. Und das sind nicht nur die Herren Vorstände im gesetzten Alter ...«

»Genau«, sagte Meyerbeer, »unser Vertriebsdirektor hat wohl auch nicht mitgekriegt, dass die Versicherer demnächst mithilfe von Apps eine elektronische Kontrolle von Fitness, Lebensstil und Ernährung einführen werden. In den USA sammeln kleine Sender im Auto das Verhalten der Fahrer. Das dient dann der Tarifkalkulation ...«

»Wahrscheinlich wird diese Septima jetzt auf retro machen«, entgegnete Thomas sarkastisch, »nach dem Motto: Ein Fußgänger soll auf der Bananenschale ausrutschen, aber der Septima-Schutzengel bewahrt ihn davor!«

Mit den rapiden Änderungen werden sich auch die Anforderungen an die Werbung ändern. Thomas erinnerte sich noch an seine Ausbildung, als ihm die Referenten der Akademie die AIDA-Regel beibrachten:

»Attention – Interest – Desire – Action«

Früher war Werbung seriös und belehrend. Heute muss sie witzig sein, frisch und frech. So wie gut gemachte kurze Werbespots bei Youtube oder anderen Clip-Plattformen. Je spektakulärer, desto besser. Und die Produktionskosten sind günstiger als in Print oder TV. Aber auch das wollte der Vertriebschef der Septima Versicherung nicht glauben.

Thomas war noch jung genug, um die neuen Trends mitzubekommen. Aber die älteren Herrschaften in den Chefetagen dachten anders, sie dachten wie früher. Auch sein Charme und seine Aura kamen bei Frauen wohl an, aber nicht unbedingt bei den älteren Entscheidungsträgern. Es ging bei den Verhandlungen immer um das Gleiche: Die Chefs wollten wissen, wie sich ihre Werbegelder rentieren. Also welche Werbemittel die gewünschte Wirkung und die vorher festgelegten Werbeziele erreicht haben.

Dann musste er versuchen, die Erfolgsmessung für die klassische Fernseh-, Radio-, Print- und Plakatwerbung zu erklären. Dass es hier nur die üblichen Umfragen sowie Auflagen- und Reichweitenmessungen gibt. Mit anderen Worten: In aller Regel lässt sich hier nicht exakt feststellen, welcher Spot oder welche Anzeige den Erfolg der Kampagne trägt.

Im Gegensatz dazu ist die Online-Erfolgskontrolle effizienter. Längst helfen ausgeklügelte Test-Verfahren das Verhalten der User auf der Webseite vom Klick bis zum Abschluss einer Interaktion (z.B. Newsletter Anmeldung, pdf-Download, Online-Buchung etc.) zu messen.

Speziell bei der Septima dominierte noch der traditionelle Verkauf über den Vertreter. Man hatte anscheinend nicht wahrgenommen, dass sich mehr Bundesbürger zutrauen, Versicherungen ohne die Hilfe eines Vertreters abzuschließen. Denn immer mehr haben sich via Internet ein Angebot kommen lassen. Versicherungsexperten sehen deshalb in der Verbindung zwischen Online-Vermittlung und Offline-Beratung die zeitgemäße Form der Vertriebswege.

Die Septima hinkte da hinter her. Thomas musste immer diesen Spagat machen. Wie sind die neuen Vertriebswege werbemäßig umzusetzen? Und was ist kontrollierbar, was nicht? Er war sicher, der Werbeleiter Ostermann war auf der Höhe der Zeit. Er hatte schon während der Vorträge Zeichen gegeben, dass er mit der Präsentation und der logischen Folgerung daraus einverstanden war. Aber irgendwas ist dann aus dem Ruder gelaufen. Wieso hatte der Vertriebschef, der sich so gut wie nicht in die anschließende Diskussion eingemischt hatte, Fuhrmann den Vorzug gegeben? Stand seine Entscheidung von vornherein fest? Was war da los?

Kapitel 3

Als Thomas am Abend nach Hause kam, merkte seine Frau Tina schnell, dass was schief gelaufen war. Er brauchte nichts zu sagen. Mit dem neuen Werbeetat war nix! Tina musste ihn aufheitern. Obwohl sie ganz und gar nicht in dieser Stimmung war.

Eigentlich wollte sie mit Thomas über ihren Sohn Julian reden. Julian, gerade 16, war ihr manchmal aggressiv und dann wieder deprimiert vorgekommen. Er hatte Stimmungsschwankungen, schottete sich ab. Tina ahnte etwas, vielleicht Drogen? Normalerweise war er ein freundlicher Junge mit einer positiven Ausstrahlung.

Tina verzichtete lieber auf ein derartiges Gespräch. Thomas hatte für heute genug. Also beschloss sie, das Problem alleine anzugehen. Sie beobachtete Julian noch einige Tage, dann war sie sicher. Da geht was ab. Aus Gelegenheits-Koksern wird schnell Abhängigkeit, dachte sie.

Sie machte als erstes einen Termin bei

einem Suchtexperten. Informierte sich über Langzeitfolgen und –schäden. Und wie man sich als Eltern am besten verhält. Es war ihr schnell klar, nicht mit Drohungen und erhobenem Zeigefinger vorzugehen. Dann schalten die Kinder sofort ab.

Langsam reifte in ihr einen Plan. Tina wollte einen eigenen Weg gehen. Eines Abends, als sie alleine waren, sagte sie so ganz nebenbei zu Julian:

»Als in deinem Alter war, habe ich gekifft!«

Julian schaute sie ungläubig an:

»Was hast du?«

»Joints geraucht!«

»Mama, das glaube ich nicht!«

»Doch«, übertrieb Tina, »einmal lag ich die halbe Nacht in einem fremden Garten – ich war echt high!«

Sie erzählte wahre Horrorstorys über ihre Jugend. Musste aber aufpassen, dass alles glaubwürdig war. Mit dieser Masche kam sie ins Gespräch mit Julian. Der war ihr ohnehin zugetan – und umgekehrt.

Mit geschickten Fragen brachte sie ihren Sohn auf die Gleise, wo sie ihn haben wollte. Sie erfuhr die Disco, in der Stoff gehandelt wurde und dass ein Boss des Händlerringes jeden Freitagabend dort war. Julian hatte nicht geahnt, dass seine Mutter exakt über die gesamte Problematik des Drogenkonsums informiert war. Er war in der Tat in der Gefahr, abzurutschen. Zum Schluss sagte sie:

»Julian, das bleibt jetzt mal unter uns, Papa weiß nix. Ist das klar?«

Julian nickte.

Ihr Plan nahm konkrete Formen an. Eine richtige Action musste her! Ihre Freundin Karin musste fürs Alibi herhalten. Thomas sollte nichts davon wissen. So erzählte sie ihm, dass sie zu einer Frauenparty bei Karin eingeladen war und dort über Nacht bleiben wollte. Karin erzählte sie wiederum nur die halbe Wahrheit …

Im Pearlhouse war was los. Die Bässe dröhnten, die Lichterketten funkelten. Viel konnte man nicht sehen. Das war Tina gerade recht. Sie hatte sich aufgestylt was nur ging. Vieles war falsch an ihr – von den überlangen Wimpern bis zur pechschwarzen Perücke. Sie trug einen schwarzen Minirock und eine schwarze, glitzernde Bluse mit beachtlichem Ausschnitt. Sie machte voll auf Sexy-Lady.

Bald hatte sie in der Disco auch den Oberdealer entdeckt. Sie bewegte sich in seine Richtung. Als Johnny an die Bar ging, stellte sie sich hinter ihm. Lässig rief sie dem Barmann zu:

»Einen Benton Old Fashioned bitte!«

Johnny drehte sich um und meinte:

»Aha, man kennt sich aus!«

Sie kamen ins Gespräch. Tina machte ihn an. Das konnte sie. Sie tanzten oder das, was man in diesem Schuppen als Tanzen bezeichnen konnte. Später probte sie mal ihre Wirkung:

»So, ich möchte nach Hause!«

»Was jetzt schon Carla?«

Sie hatte sich als Nachwuchssängerin Carla ausgegeben, die demnächst auch bei RTL 2 eine kleine Rolle bekäme. Johnny, der wie ein schmieriger Zuhälter mit Rolex aussah, fuhr auf sie ab.

»Ich bringe Dich nach Hause«, sagte er, aber schöner wäre es, wenn Du bleiben würdest.«

Nach Mitternacht kam der Durchbruch. Darauf hatte sie hingearbeitet. Er lud sie noch auf einen Drink bei sich zu Hause ein. Das war um die Ecke. Tina wehrte sich pro forma, gab dann nach.

Sie verließen die Disco, liefen in der Dunkelheit zwei Straßen weiter. Er wohnte im zweiten Stock, auf dem Türschild las sie Holzner. Es war ein sehr großes Appartement mit einem überbreiten Bett. Johnny machte gleich die Drinks. Zuvor hatte sie ihn gebeten, das Licht runter zu dimmen. Er sollte wenig von ihr sehen.

Dann fing er an zu grapschen. Er war ohnehin schon angekifft. Tina musste sich überwinden, aber dann gab sie ihm zu verstehen, dass sie auf SM stand. Er glotzte erst ungläubig, aber dann war er Feuer und Flamme. Sie flüsterte:

»Zieh dich ganz aus, leg dich aufs Bett und lass Dich fesseln ...«

Er gehorchte blind – voller Erregung.

»Und was ist mit Dir!«

»Erst fessele ich Dich mit Handschellen an die Bettpfosten und dann erlebst Du einen Höllen-Ritt, den du nie vergessen wirst!«

Sie holte aus ihrer großen Handtasche zwei Handschellen, die sie sich in einem Security-Discounter besorgt hatte. Er ließ sich an die Pfosten fesseln.

»Zieh dich endlich aus«, rief er. Seine Erregung war nicht zu übersehen. »Mach schon!«

»Gleich, ich habe noch was für Dich!«

Blitzschnell holte sie aus der Tasche ein schwarzes Klebeband und klebte ihm damit den Mund zu. Johnny wehrte sich, strampelte mit den Beinen und wollte schreien. Doch es kam nur ein unterdrücktes Stöhnen heraus.

Tina holte aus der Tasche ein weiteres, vorbereitetes Klebeband heraus und klebte ihm das quer auf die Brust. Auf dem Band stand:

Ich bin ein Dealer

Johnny stöhnte weiter. Er riss die Augen auf und starrte Tina ungläubig an. Sie beachtete ihn nicht, löschte das Licht und öffnete leise die Wohnungstür. Kein Mensch zu sehen. Sie schlüpfte aus der Tür, zog die Schuhe aus und lief die Treppen hinunter. Unten zog sie ihre Schuhe wieder an, öffnete die Haustüre und schaute hinaus. Nur wenige Nachtbummler waren unterwegs.

Sollte sie ein Taxi nehmen? Das war zu gefährlich. Der Fahrer könnte sich an sie erinnern. Sie machte sich auf den langen Weg zu ihrer Freundin. Einmal wurde sie von grölenden Jugendlichen angerempelt. Da fiel ihr plötzlich ein, dass sie sich die Haus-Nummer nicht gemerkt hatte. Sie musste wohl oder übel umkehren. Dann glaubte sie einen Schatten hinter sich zu spüren. Aber da war nichts. Als sie das Haus von Johnny erreicht hatte, konnte sie die Hausnummer nicht erkennen. Es war zu dunkel. Als ein großer Laster vorbeifuhr erkannte sie die Zahl. Schnell kehrte sie um und lief weiter.

Nach vier Straßenecken konnte sie nicht mehr. Die Müdigkeit überfiel sie. Jetzt winkte sie doch ein Taxi heran, setzte sich in den Fonds und nannte dem Fahrer die Adresse von Karin. Gegen drei Uhr in der Frühe kam sie völlig erschöpft bei ihrer Freundin an.

Kapitel 4

Als sie dann am späten Morgen wieder zuhause war, berichtete sie ihm Mann kurz über die Frauenparty, die angeblich bis in die Nacht gedauert hätte. Ihr Sexy-Outfit hatte sie bei Karin gelassen. Spielte wieder die normale Ehe- und Hausfrau.

Dann ging sie einkaufen – sagte sie jedenfalls. In Wirklichkeit peilte sie das nächste Telefonhäuschen an. Tina wählte die Münchner Nummer des Kriminal-Fach-Dezernats für Rauschgift. Sie hielt ein Taschentuch an die Sprechmuschel:

»Hier Rauschgift-Dezernat, Angermüller ...«

»Ein Tipp für sie«, sagte Tina mit verstellter Stimme, »fahren sie..«

»Hallo, wer sind Sie ...«

»Fahren Sie in die Wegreiterstraße 25, 2. Stock, Holzner ...«

»Sagen Sie mir erst Ihren Namen und ...«

»Wegreiterstraße 25, 2. Stock, Holzner. Schnell! Dort finden Sie einen Drogendealer!«

Tina hängte rasch auf, verließ sofort die Zelle.

Das Wochenende der Familie Coller verlief ruhig, in gewohnten Bahnen.

Alles andere als ruhig ging es am Sonntag in den Redaktionen vor allem der Boulevardblätter zu. Die Chefredakteure bereiteten <u>die</u> Meldung des Monats vor. Das gab eine tolle Schlagzeile am Montag. So was wollen die Leser – das war unisono die Meinung der Macher.

Auf den Titeln des Boulevardzeitungen prangten die Schlagzeilen in großen fetten Lettern über den nackten, ans Bett gefesselten, verklebten Johnny, den die Fahnder so entdeckten. Als Julian an den Zeitungsständern vorbeikam, kaufte er sofort die Zeitung mit dem knalligsten Titel. Auf der ersten Seite konnte er lesen:

Nackter Drogendealer ans Bett gefesselt

Am vergangenen Samstag verhafteten Münchner Drogenfahnder nach einem anonymen Anruf den szenebekannten Johann D.. Er war nackt mit Handschellen an sein Bett gefesselt. Auf der Brust klebte ein Band mit der Aufschrift »Ich bin ein Drogendealer«. Wer D. in diese Lage brachte ist unbekannt.

Julian kam zum Mittagessen heim, gab seiner Mutter ein Zeichen, ihr auf sein Zimmer zu folgen. Er zeigte ihr die Zeitung, dessen Inhalt Tina natürlich schon kannte.

»Das ist der Typ, der im Perlhouse dealt und andere Dealer versorgt.«

Tina nickte nur, sagte nichts.

»Das ist unglaublich«, meinte Julian.

Seine Mutter versuchte, unbeteiligt zu wirken. Aber ihr Sohn merkte gleich, dass was nicht stimmte:

»Weißt Du was darüber«, fragte er.

Tina nickte wieder.

»Hast Du was mit der Sache zu tun?«

»Ja, ich war es.«

Julian brachte den Mund nicht mehr zu. Er wurde bleich.

»Das glaube ich nicht.«

»Doch, es ist so!«

»Das hast Du getan?« fragte Julian ungläubig. »Das hast Du für mich getan?«

»Ich würde für meinen Sohn noch mehr tun …«

Julian fiel seiner Mutter um den Hals mit Tränen in den Augen. Er versprach ihr hoch und heilig, keine Drogen mehr zu nehmen.

Natürlich wollte er die Details der Aktion erfahren. Tina erzählte wie alles passierte.

»Julian«, sagte sie, »alles, aber auch alles muss unter uns bleiben. Kein Wort zu Papa oder Mia. Versprichst Du mir das?«

»Selbstverständlich.«

Die Presse hatte Blut geleckt. Reporter drückten sich im Perlhouse herum, recherchierten. Am nächsten Tag gab es weitere Einzelheiten. In dem Appartement von Johnny wurden einige Drogenpäckchen gefunden.

Dann war von einer schwarz gekleideten Schönheit die Rede. Ein Blatt titelte:

Wer ist die Black-Lady?

Auch bei der Familie Coller wurde über die Black-Lady gesprochen. Tina und ihr Sohn hielten sich bei der Diskussion auffällig zurück. Thomas war nicht entgangen, dass Julian plötzlich sehr nett zu seiner Mutter war. Irgendwas war anders.

Mia fing immer wieder von dem Thema an. In ihrer Klasse war die Black-Lady das Tagesgespräch.

»Das geschieht diesem Schwein ganz recht«,

fauchte sie, »auch in der Umgebung unserer Schule hängen die Dealer rum. Doch nichts geschieht! Der Direktor weiß angeblich von nichts.«

Tina und Julian tauschten nur vielsagende Blicke aus. Mia war bald 15 und entsprechend schwierig. Blond, hübsch und schon etwas umschwärmt ließ sie dieses Thema nicht mehr los.

»Die wird mir gefährlich«, dachte auch Julian und versuchte immer wieder, das Gespräch in eine andere Richtung zu lenken. Vergeblich.

Als Mia und Julian alleine waren, sagte sie zu ihm:

»Das ist ja alles voll krass. Ich will auch mal ins Perlhouse. Gehst Du mal mit?«

»Nein, kein Bock«, meinte er mit betont unbeteiligter Miene.

»Weichei! Was glaubst Du, wer das war?«

Julian zuckte nur mit den Schultern und ging auf sein Zimmer.

In der Schule tauchte am nächsten Tag die Polizei auf. Man hatte bei Johnny eine Namensliste gefunden. Vier von Julians Klasse standen auf dieser Liste – er mit dabei.

In einem leeren Klassenzimmer wurden die vier jeweils einzeln vernommen. Julian war schon recht nervös, als er dran kam. Seine coole Mutter hatte ihn aber schon vorbereitet. Er solle mal nichts abstreiten.

Der Vernehmungsbeamte, ein bulliger Typ, warnte gleich zu Beginn des Gesprächs, dass Julian die Wahrheit sagen sollte. Es würde erhebliche Konsequenzen geben, wenn er lügen würde.

»Ja, ich habe mal paar Joint geraucht«, sagte er dann. Der Polizist wollte wissen von wem. Um den Mann nicht zu verärgern, gab er eine fiktive Beschreibung des Dealers ab:

»Der Typ, der das Gras verkauft hat, stand gelegentlich in einer Seitenstraße an der Schule. Es war so eine magere Gestalt. Er hatte zerrissene Jeans an, weiße Sneakers und ein Kapuzenpulli.«

Nach mehreren belanglosen Fragen und ebensolchen Antworten reichte der Polizist Julian seine Visitenkarte:

»Wenn Ihnen noch etwas einfällt, rufen Sie mich an.«

Der Presse ging langsam das Material aus. Denn die Polizei kam bei der Suche nach der

Black-Lady nicht weiter. Statt Fakten gab es dann Spekulationen. Mal war sie eine Feministin von den Grünen, dann eine vom Straßenstrich, mal eine rachesüchtige Barfrau, dann eine Drogenabhängige.

Auch die privaten TV-Sender mischten kräftig mit. Der Disco-Besitzer stritt in einem Interview alles ab. In seinem Etablissement werde nicht gekokst. Er weiß von allem nichts. Das machte ihn erst recht verdächtig.

Die Fernseh-Leute bohrten weiter. Und das Pearlhouse stand plötzlich am Pranger. Die Stammgäste blieben mal lieber weg. Aber der eigentliche Knackpunkt, die Suche nach der Black-Lady blieb erfolglos – bei der Polizei wie bei den Medien.

Beim Abendblatt meldete sich ein Typ, der angeblich wusste, wer die Black Lady war. Er erzählte eine hanebüchene Geschichte, die der Reporter lustlos nachging. Dann stellte sich heraus: Es war ein Wichtigtuer, der unbedingt mal in die Presse wollte.

Langsam verlor auch das Publikum das Interesse und so versandete das Thema ...

Nur nicht bei Julian. Er dachte immer daran und war stolz auf seine taffe Mutter.

Kapitel 5

Ralph Meyerbeer bat Thomas Coller zum Routinegespräch. Da ging es jedesmal um aktuelle Probleme in der Firma. Zum Schluss meinte er:

»Die Fachzeitschrift ›Werbung im Vertrieb‹ organisiert mal wieder eine Tagung. Diesmal würde ich Sie bitten, dass Sie hingehen! Es geht um die neuen Medien, das ist ja mehr Ihr Bereich.«

»Kein Problem«, erwiderte Thomas, »mach ich«.

Ihm war aufgefallen, dass Meyerbeer in letzter Zeit immer mehr an ihn abgab. Na ja, er war schon einiges älter und der Senior in der Agentur.

Das Fachorgan ›WiV‹ wollte mit ihren Veranstaltungen Münchner Werbeleiter (vor allem des Mittelstandes) und Vertreter der Werbeagenturen zusammen bringen. Es gab Vorträge, Seminare, Diskussionsrunden. Eine Initiative, die gut ankam. Auch diesmal war im Hotel Sternenhof eine Menge Leute zugegen.

Der große Schulungssaal war entsprechend hergerichtet mit der erforderlichen technischen Ausstattung. Der Vorsitzende begrüßte mit gestelzten Worten die Gäste. Danach kamen die einzelnen Referenten zu Wort.

Ein Vortragender glänzte mit Fachbegriffen wie »Webportale mit Shopsystem«, »logische Navigation«, »Responsive-Webdesign«, »Content Management System«, »Editorial Design« und so weiter. Thomas hatte sich an das verquaste Werbeenglisch längst gewöhnt.

Interessanter waren die späteren Begegnungen im Nebensaal. Hier wurden Kontakte geknüpft beziehungsweise aufgewärmt. Man saß oder stand zusammen – die Atmosphäre war locker. Thomas diskutierte an einem Stehtisch mit, als er den Kontakter der Konkurrenzagentur »Führmann & Partner« erblickte. Er hatte ihn kurz bei der Septima Versicherung gesehen.

Er wunderte sich, warum gerade dieses kleine Licht hier war. Bemerkte, dass der schon stark angetrunken war und immer lauter sprach. Als Thomas glaubte, den Namen Meyerbeer gehört zu haben, näherte sich etwas an den Nachbartisch. Tatsächlich es ging um seine Agentur.

Da zog er sein Smartphone aus der Tasche, schaltete sein Handy auf Aufnahme und tat so, als müsste er etwas Dringendes lesen. Gesprächsfetzen drangen an sein Ohr. Es ging offensichtlich um die Präsentationen bei der Septima Versicherung.

Der Kontakter spielte sich auf, welche wichtige Rolle er dabei gespielt hätte. Leider waren die Nebengeräusche so stark, dass Thomas zu wenig verstand …

Als er zu später Stunde im Auto saß und im Handy auf Wiedergabe drückte, konnte er mehr verstehen. Wortfetzen wie »…bei dene einischtiagn …ois kopiert …neis Konzept … Lob vom Chef …« und ähnliche Ausdrücke waren zu hören.

Thomas hörte nochmals ab. Und musste sich am Steuer festhalten. »Die haben unser Werbekonzept geklaut«, sagte er laut. Er erinnerte sich: An einem Morgen war ihm aufgefallen, dass das Toilettenfenster nur angelehnt war. Er dachte noch bei sich: Das hätte auch ein Dieb für sich nutzen können.

Es war unglaublich. Da ist doch diese miese

Ratte nachts eingestiegen und hatte die Unterlagen kopiert. Da wussten die genug und hatten eine konträre Konzeption entwickelt.

Als er den Sachverhalt Meyerbeer schilderte, wollte dieser das nicht glauben. Er spielte das Handy zweimal ab. Dann war auch Meyerbeer überzeugt. Er zitterte am ganzen Körper. So hatte ihn Thomas noch nicht erlebt.

»Ich gehe zu Führmann, ich kenne den ja. Der geht über Leichen. Das wird ein Nachspiel haben ...«

Aber beide wussten immer noch nicht, welche Verbindung es zwischen Führmann und dem Vertriebsvorstand der Septima gab. Sie waren verschiedenen Spuren nachgegangen, aber zu keinem Ergebnis gekommen. Vielleicht gab es Kontakte im Privatleben – es blieb alles irgendwie rätselhaft.

In zwei Tagen hatte Meyerbeer einen Termin, Führmann brachte zwar alle Ausreden, er hätte keine Zeit, aber Meyerbeer blieb stur. In Führmanns Protzbüro kam er auch gleich zur Sache. Dieser bemerkte nur mit arrogantem Gehabe:

»Und für diese ungeheuerliche Behauptung haben Sie Beweise.«

»Ja, die haben wir!«

»Dann legen Sie doch Ihre Beweise mal auf den Tisch!«

»Herr Führmann, hören Sie doch auf mit diesen Kindereien. Sie wissen genau, was abgelaufen ist: Die Frage ist doch nur, wie können wir die Sache bereinigen.«

»Wir bereinigen gar nichts.« Er griff zum Telefon und sprach übertrieben laut: »Frau Keller, bitte begleiten Sie Herr Meyerbeer hinaus ...«

Meyerbeer wurde rot im Gesicht, er zitterte wieder am ganzen Körper. Er wollte noch etwas sagen, brachte nichts heraus ...

»Noch nie in meinem Leben bin ich so beleidigt worden«, sagte er später zu Thomas und erzählte die Geschichte mit dem Hinauswurf. Das war denn auch Thomas zu viel. Er zischte nur:

»So, jetzt nehme ich mir den Kontakter vor ...«

Über den Internetauftritt der Führmann-Agentur kam er an Namen und Telefon-Nr. des Kontakters, er hieß Burgmüller. Am nächsten Tag ging er in ein Cafe, das in der Nähe der Agentur lag. Er bat die Bedienung,

Burgmüller anzurufen, ein Interessent warte im Cafe auf ihn.

Thomas ging nach draußen. Nach einiger Zeit kam der Kontakter. Thomas hatte ein zweites Handy in Aufnahmebereitschaft in der Jacke deponiert.

»Herr Burgmüller, ich bin Thomas Coller. Machen wir es kurz: Sie sind in unserer Agentur eingestiegen und haben unser Konzept für die Septima kopiert.«

»Wos is'n des? Frechheit!«, empörte sich Burgmüller. Er war wohl schon von seinem Boss präpariert worden. Wortlos nahm Thomas sein Handy aus der Tasche und spielte ihm den etwas verzerrten Dialog vor.

»Des soll a Beweis sei?« höhnte Burgmüller.

»Wir haben noch andere Beweise«. Thomas klopfte auf den Busch.

»Hören Sie auf mit dem Theater …«

»Selbst wenn das stimme daat, des glaabt Eahna koaner!«

»Das wird der Richter wohl anders sehen …«
In diesem Moment riss Burgmüller das Smartphone aus Thomas Händen und rannte davon. Thomas, verblüfft, brauchte einen Moment, dann lief er hinterher. Der Kontakter

rannte mitten durch die Fußgänger, bog in die nächste Straße ein. Thomas folgte ihm. Er war ja schon in der Schule ein guter 100-Meter-Läufer.

Burgmüller kam nicht weit. Als er sich umsah, riss er einen Obstkarren des Gemüsehändlers um. Er stolperte, fiel hin, wollte sich aufraffen. Thomas war schon da, er nahm ihm wortlos das Handy ab und ließ den Kontakter inmitten der Orangen, Gelbrüben und Pfirsiche liegen …

Thomas hatte eine Idee. Er rief den Chefredakteur der WiV-Fachzeitschrift an. Der war sofort bereit, ihn abends in einem Lokal zu empfangen. Thomas brachte beide Handys mit. Er brauchte nicht viel Überzeugungsarbeit zu leisten. WiV jedenfalls hatte eine Bombenmeldung.

Paar Tage später hatte es die Werbe-Branche auf Schwarz und Weiß. Schon die Schlagzeile war ein Hammer:

Agentur stiehlt Konzept der Konkurrenzagentur

Die Agentur »Führmann & Partner« hat in dreister Weise die Konzeption der Werbeagentur

»Meyerbeer & Coller« gestohlen. Das behauptet jedenfalls Thomas Coller. Er konnte diesen unglaublichen Vorfall anhand eines Mittschnittes auf seinem Handy belegen. Dieser Beweis liegt der Radaktion vor. Die Führmann-Agentur bestreitet hingegen diesen Vorwurf. Es ging damals um den Werbeetat der Septima Versicherung.

Am Tage der Veröffentlichung rief Führmann Ralph Meyerbeer an. Er schäumte vor Wut und erging sich in zahllosen Beleidigungen. Meyerbeer sagte nur mit leiser Stimme:

»Damit sind Sie in der Branche erledigt. Den Gang zum Richter ersparen wir uns!«

Dafür ging Führmann zum Gericht. Das wiederum verwies ihn zu einem Mediator. Meyerbeer bat Thomas zu dem Schlichtertermin zu gehen. Dort empfing Führmann Thomas mit einem wütenden Gesichtsausdruck. Der Mediator fasste nach Anhörung die Fakten zusammen und fragte den ebenfalls anwesenden Kontakter:

»Warum sind Sie dann mit dem Handy von Herrn Coller davon gelaufen?«

»Des war a Blackout«, erwiderte Burgmüller.

Zum Schluss sagte der Schlichter zu Führmann nur:

»Ich kann Ihnen nur raten, lassen Sie das sein mit dem Gerichtsverfahren ...«

Führmann wurde rot im Gesicht, stieß wilde Drohungen aus und rannte aus dem Zimmer. Burgmüller lief hinter ihm her. Durch das Fenster sah Thomas wie Führmann mit seinem Kontakter erregt diskutierte. Dann deutete Führmann auf das Fenster, an dem Thomas stand, und gestikulierte in einem fort. Burgmüller stand da und nickte. Dann verschwanden beide.

Kapitel 6

Karin Zirner, Tinas Busenfreundin, lag natürlich mit Ihrer Vermutung richtig, dass Tina die berüchtigte Black-Lady war. Tina hatte sie auf Knien gebeten, still zu halten. Was diese auch tat.

Damals war Karin wieder mal solo. Sie führte eine seltsame Ehe. Mal war sie mit ihrem Gatten, ein IT-Manager, ein Herz und eine Seele, mal verschwand er für paar Wochen. Streit und Versöhnung – das war an der Tagesordnung. Jetzt lud sie Tina und Thomas zu einer Wochenend-Party ein. Anscheinend hing der Haussegen nicht schief.

Als sie eintrafen, in einer großen Eigentumswohnung im Münchner Süden, war schon allerhand Betrieb. Die Zirner-Wohnung war eine merkwürdige Mischung aus Plüsch, englischen Möbeln und modischem Firlefanz. An den Händen hingen Reproduktionen von surrealistischen Malern wie Dali, Magritte und Max Ernst. In der Mitte des riesigen Wohnzimmers lag ein chinesischer Teppich. Alles passte irgendwie nicht zusammen. Ganz hinten hing ein übergroßer Flachbildschirm an der Wand. Ein Bücherregal gab es nicht.

Karin Zirner, die Hausherrin, war richtig gestylt. Mit einem zitronengelben Kostüm, das sehr eng geschnitten war. Sie begrüßte die Collers überschwänglich und stellte ihnen einige Gäste vor, die sie teilweise von früheren Einladungen kannten.

Ihr Ehemann stand hinter einer Art Hausbar, kümmerte sich um die Getränke. Er winkte den Gästen jovial zu. Es schien wieder eine Ehe-Harmonie zu herrschen.

Manche saßen, viele standen herum. Die übliche Partystimmung. Leiser Smooth-Jazz im Hintergrund. In einer Gruppe wurde noch über die Black-Lady gesprochen. Tina zog ihren Mann schnell weg in Richtung eines anderen Ehepaares, das sie kannten. Da war ein anderes Thema in. Tina ahnte es schon. Frau Mertes spielte sich als Restaurantkennerin auf.

»Habt Ihr schon mitgekriegt«, plauderte sie angespannt, »das ›Kinsey‹ hat den zweiten Stern bekommen!«

Ehe Thomas oder Tina etwas sagen konnte, fuhr die Insiderin fort:

»Vor paar Tagen waren wird im ›Bel ami‹, weil die ihren ersten Michelin-Stern gekriegt haben. Französisch wisst Ihr? Es gab Parfait de Foie Gras de canard, dann Ravioli à la Nicoise, später Fasanenbrust mit Maroni-Walnuß. Und das Dessert ...«

Thomas rollte schon mit den Augen. Aber die Gourmet-Nachhilfelehrerin war nicht zu bremsen. Sie war bestens informiert, wer was und wo in München in Sachen Esskultur bietet. Sie blickte triumphierend in die Runde:

»In Deutschland gibt es jetzt 41 Häuser mit 2 Sternen und 261 Restaurants mit einem Stern – habt Ihr das gewusst?«

»Nein, haben wir nicht«, sagte Tina und war froh, dass der Hausherr zu ihrer Gruppe stieß. Charly Zirner, als IT-Experte, war Thomas als Gesprächspartner lieber. Beide separierten sich etwas und Thomas quetsche ihn aus, was es alles Neues in seiner Branche gab.

Dann kam die offizielle Begrüßungsrede des Gastgebers und alle stürzten sich danach auf das Buffet. Karin hatte sich zu Collers an den Tisch gesetzt und erzählte lächelnd, dass sie sich wieder mit ihrem Mann versöhnt hatte.

Im Nebentisch ging es laut zu. Ein etwas angetrunkener Gast meckerte über den Wein:

»Der eine ist zu erdig, der andere moussiert und der dritte korkelt etwas«, stänkerte er, »da bin ich was Besseres gewöhnt!«

»Ihr müsst entschuldigen«, sagte Karin, »das ist mein spinnerter Cousin. Den muss ich leider immer einladen, es geht nicht anders. Es ist Freddy, der Partyschreck …«

»No Partyscheck«, grölte Freddy, »I have no father, I have no mother, I am a selfmademan …«

Die anderen Gäste schauten irritiert. Karin stand auf, ging hinüber und sagte dem Cousin ihre Meinung. Aber kräftig. Freddy wehrte ab.

»Der hat zuhause einen speziellen Kühlschrank für Weine«, sagte Karin, »der immer 13 Grad hat. Ein Wein unter 20 Euro ist für den nix!«

Karin machte den Scheibenwischer in Richtung Freddy.

»Da sind ja einige Originale hier«, meinte Thomas lachend. «Vorhin am Buffet, sprach mich ein Typ an und erzählte, dass er schon in den meisten Ländern der Welt war. Der Weltreisende wollte mich gar nicht mehr loslassen ...«

»Ja, den kennst Du nicht«, lachte Tina mit, »der hat ein großes Reisebüro und berät Karin unentwegt, wo sie noch hin soll. Er heißt Kohlmann oder so ähnlich. Hat einen Haufen Geld.«

Karin korrigierte:

»Das ist David Kohlmauer. Er ist eine wichtige Größe in der Reise-Branche. Du solltest Kontakt halten mit dem, Thomas.«

Thomas nickte. Er hatte den Wink verstanden. Tatsächlich traf er den Reise-Spezialisten wieder am Buffet. Diesmal hörte er sich die Erzählungen über exotische Länder geduldig an.

Kohlmauer war ein richtiger Managertyp mit Halbglatze, einem ovalen Gesicht und stahlblauen Augen. Zweifellos machte er auf Frauen Eindruck. Er war kaum über 40, natürlich Business-Anzug, was ein bisschen steif auf der Party wirkte. Er war viel in der Welt herum gekommen. Sein weltmännisches Gehabe wirkte zunächst auf Thomas etwas arrogant. Aber als er seine Reiseerlebnisse bei einer Safari in Tansania schilderte, hörte Thomas gebannt zu.

Im Laufe des Abends wurde Kohlmauer immer gesprächiger. Thomas fand ihn dann zunehmend sympathisch. Sie unterhielten sich weiter am Tisch intensiv und tauschten schließlich ihre Visitenkarten aus.

Es gab noch eine interessante Begegnung. Karin stellte Thomas einen Bauingenieur vor, der früher in einigen arabischen Ländern tätig war. Er hieß Werner Wagenberg. Vor der arabischen Revolution baute er Straßen und Brücken in Ägypten, Libyen und Tunesien. Es war anregend, mit ihm zu plaudern.

Wagenberg, verheiratet, keine Kinder. Und das war das Manko. Er merkte bald, dass er bei den Auftraggebern nicht richtig ankam:

»Wissen Sie, Herr Coller, wenn sie keine Kinder haben, werden Sie da nicht für voll genommen. Also habe ich vier Söhne erfunden ...«

Thomas musste lachen.

»Wenn Sie ankommen und das erste Treffen steht an«, fuhr Wagenberg fort, »dann wird erst mal über die Familie eine Stunde lang palavert. Und dann erst kommt das Geschäftliche.«

Der Bauexperte musste quasi eine Legende seiner vier Söhne erfinden. Seine Gesprächspartner wollten alles wissen. Besonders peinlich: Er hatte kein Foto dabei.

»Und im folgenden Jahr«, sagte Wagenberg lachend, »musste ich genau berichten, was die vier Söhne machen und wie sie sich weiter entwickelt haben. Ich habe jedesmal geschwitzt, das können Sie mir glauben. Aber ich hatte schwer an Ansehen gewonnen. Jetzt war ich wer!«

Kapitel 7

In der Agentur ging es weiter aufwärts. Peter Ostermann von der Septima-Versicherung rief an:

»Herr Coller, ich habe den Skandal mit Führmann natürlich auch geschnallt. Eine Katastrophe. Der Vertriebschef ist echt sauer. Unser Problem: Wir haben in die neue Kampagne viel Geld reingesteckt. Sie kriegen sicher noch eine Chance. Vielleicht schon bald. Ich melde mich wieder ...«

Eine weitere Präsentation musste vorbereitet werden. Die Privatbank Wächter & Co, Tochter einer Großbank, vergab ihren Werbeetat neu. Durch die guten Kontakte von Meyerbeer sollte Thomas die Agentur vertreten.

Es war difficil. Die Banken generell litten und leiden unter ihrem schlechten Image. Ihre Politik Gewinne privatisieren, Verluste sozialisieren war ein Eigentor. Die Steuerzahler mussten marode Banken retten. In anderen Ländern finanzieren die Steuerzahler nichts.

Zudem ärgern sich die Kunden über die Nullzins-Politik. Schon müssen Großanleger

Negativzinsen zahlen. Wie soll man da ein positives Erscheinungsbild zurück gewinnen? Thomas dachte lange nach und ersann dann den provozierenden Slogan:

Vertrauen statt Zinsen

Er wollte damit sagen, Zinsen gibt es kaum, aber ehrliche Hilfe und Beratung. Platt gesagt hieß es: Wir wollen Euch nicht mehr abzocken, sondern seriös beraten wie früher. Die Werbe-Banker schluckten zunächst, ließen sich aber dann überzeugen.

Doch auch wusste Thomas von vornherein: Die Entscheider ganz oben waren stockkonservativ. Illusionslos verließ er am späten Abend das Bankgebäude. Das wird wohl nichts.

Am nächsten Montag erreichte ihn im ICE nach Frankfurt ein verzweifelter Hilferuf seiner Sekretärin:

»Herr Coller, in der Agentur wurde am Wochenende eingebrochen. Jemand hatte im Bad den Wasserhahn aufgedreht und den Stöpsel ins Loch gesteckt. Überall nur Wasser …alles ist überschwemmt …«

»Um Gottes Willen, haben Sie Polizei und Feuerwehr verständigt?«

»Ja, hab ich. Die kommen gerade. Herr Meyerbeer ist übrigens krank zuhause.«

»Das hat noch gefehlt. Ich komme bald wieder zurück. Ich rufe in einer Stunde wieder an ...«

Burgmüller – das war sein erster Gedanke. Die Konkurrenz oder das, was von ihr übrig war, hat wieder zugeschlagen. Aber: Waren die wirklich so dumm? Der Verdacht muss doch sofort auf Führmann & Co fallen?

Als er am Abend zurückkam, sah er die Bescherung. Eine einzige Katastrophe. Das untere Stockwerk war ruiniert. Es musste saniert und renoviert werden. Mit hohem Kostenaufwand. Ein Polizeibeamter war noch da. Er meinte:

»Merkwürdig: Unsere Leute von der Spurensicherung haben keinen Hinweis auf einen Einbruch entdeckt. Wenn das jemand von ihrem Personal am Freitag aus Versehen war, dann gute Nacht. Da zahlt keine Versicherung.«

»Das ist doch unwahrscheinlich. Wer sich die Hände wäscht, lässt doch den Stöpsel weg.

Das sieht doch eindeutig nach einer Aktion aus.«

»Oder einer hat sich eingeschlichen«, meinte der Polizist. »Wer hat denn alles Ihre Schlüssel?«

»Nur unsere Sekretärin, Herr Meyerbeer – der andere Mitinhaber – und ich!«

»Jetzt geht es um die Frage: Wer kann was beweisen?«

Genau das gleiche sagte sein Versicherungsberater: Wenn ein Einbruch nicht bewiesen werden kann, dann springt weder die Gebäude- oder Hausratversicherung ein. Sollte es doch ein Versehen eines Mitarbeiters oder Mitarbeiterin gewesen sein?

»Ja, dann handelt es sich um grobe Fahrlässigkeit und Sie stehen im Regen da«, meinte der Versicherungsagent abschließend. «Bei nachgewiesenem Einbruch würde der sogenannte Vandalismus-Schaden ersetzt. Vielleicht sollten Sie einen Privatdetektiv einschalten.«

Und es war doch dieser Burgmüller, sagte sich Thomas, aufgestachelt von Führmann. Vielleicht hat der bei seinem ersten Einbruch Nachschlüssel machen lassen? War das denkbar? Er hätte dann in der Nacht ein weiteres Mal einsteigen und die Originalschlüssel zurück bringen müssen. In der Agentur gab es noch einen Original-Schlüsselsatz.

Am nächsten Tag besuchte er Meyerbeer zuhause und erzählte ihm die Geschichte. Behutsam, denn dieser regte sich immer noch sehr auf. Auch Meyerbeer glaubte an einen Einbruch.

»Der Führmann sieht seine Existenz bedroht und dreht wohl durch«, meinte er.

Im Moment sahen beide keine Möglichkeit, den Einbruch zu beweisen. Resigniert verließ Thomas den Kranken.

Seine depressive Stimmung verflog als sich am nächsten Tag Ostermann von der Septima-Versicherung meldete:

»Wir haben entschieden, mit Ihnen weiter zu machen. Sie müssten allerdings die jetzige Grundkonzeption akzeptieren. Natürlich könnte man die rein emotionale Schiene etwas zurückfahren. Kommen Sie in mein Büro – wir reden dann darüber!«

Zunächst mussten die Teammitarbeiter im 1. Stock untergebracht werden. Es wurde aber sehr eng. Mit Elan gingen alle an den neuen

Auftrag der Versicherung heran. Auch Tina war mit Begeisterung dabei.

Die Gerüchteküche um Führmann brodelte. In der Branche gab es negative Aussagen. Das Fachblatt Werbung im Vertrieb rief Thomas an und bat um eine Stellungnahme. Thomas sagte paar nichtssagende Floskeln und legte auf.

In der nächsten WiV-Ausgabe kam es knüppeldick. Auf der ersten Seite stand unter einer reißerischen Überschrift:

»Das Amtsgericht München hat über die Agentur Führmann & Partner das Insolvenzverfahren eröffnet. Die Gläubiger haben noch bis zum Jahresende die Möglichkeit, Ihre Forderungen anzumelden. Die Agentur hat nach ihrer skandalumwitterten Aktion (Einbruch bei einer Konkurrenz-Firma) praktisch alle Kunden verloren und ist zahlungsunfähig.«

Das war das Ende. Thomas fühlte keinen Triumpf, eher Mitleid. Der Konkurrenzkampf in der Branche ist knallhart. Er hatte mal auf einer Werbeleiter-Tagung von einem unglaublichen Fall gehört. Eine Werbeagentur mittlerer Größe war gut im Geschäft – vor allem im USA-Geschäft. Der Inhaber flog alle zwei Monate nach New York. Dort traf er einen Auftraggeber, der ihm den Werbeauftritt für seine Produkte für Deutschland gab.

Allerdings: Der Inhaber musste sich verpflichten nur für ihn tätig zu sein. Was auch dann so passierte. Der New Yorker Geschäftsmann sprach dann von einem großen Deal und lockte ihn mit dem gesamten Europageschäft. Der Inhaber baute Personal an: Texter, Grafiker, Verwaltungsleute etc. Aber plötzlich sagte der US-Produzent ab und vergab seinen Riesenetat einem Konkurrenten in Hamburg. Die Pleite war grausam. Der Mann lebt heute von Hartz IV.

Thomas hatte diese Story lange Zeit in Erinnerung. Das Werbegeschäft ist brutal. Alle Werbeagenturen müssen sich neu orientieren. Wie kann man heute in der Werbeflut auffallen? Es gibt zu viele Vertriebskanäle, zu viele Werbeträger, zu viele Werbemittel, zu viele PR-Möglichkeiten und vielleicht zu viele Werbeagenturen? Es ist wie im Haifischbecken, dachte Thomas, jeder gegen jeden. Nur die Großen überleben.

Kapitel 8

Thomas schaltete einen Detektiv ein, wie sein Versicherungsagent geraten hatte. In der dichtgedrängten Agentur ging es hoch her. Der neue Kunde, die Septima, hatte Vorrang.

Beide Eheleute hängten sich voll rein und bemerkten nicht, wie sich ihre Tochter Mia in der letzten Zeit verändert hatte. Mia wurde immer einsilbiger und verkroch sich in ihr Zimmer. Als sie in der Schule war und ihre Mutter in ihr Zimmer kam, sah sie ein Buch auf Mias Bett mit einem merkwürdigen Titel:

Seelengruppe der Meisterdiener

Sie blätterte in dem Buch. Es ging um Heilung durch Meditation, vegane Ernährung, Sonnenkult, neue Weltordnung, kosmische Schwingungen, Lichtoasen – allein die verquaste Sprache machte Tina hellhörig. Jetzt wurde ihr klar, wohin Mia nachmittags hinging. Nicht zu Schularbeiten mit ihrer Freundin Kathi. Sie hatte nämlich Kathi angerufen, um Mia etwas zu fragen. Doch Mia war nicht dort.

Am nächsten Tag folgte sie Mia unbemerkt als sie am späten Nachmittag das Haus verlies. Sie lief um mehrere Straßenecken und hielt vor einem braunen heruntergekommenen Haus. An der verwitterten Hauswand hing ein zerrissenes Poster mit dem Hindugott Krishna.

Unsere Tochter geht in eine Sekte, dachte sie sich, und wir haben nichts bemerkt. Tina wusste nicht, was sie tun sollte. Entsprechend ihrer Natur musste sie handeln, so wie sie es bei ihrem Sohne gemacht hatte.

Sie ging ums Haus herum. Neben dem Hintereingang konnte sich durch ein kleines Fenster schauen. Sie blickte in ein düsteres Wohnzimmer. Abbildungen hinduistischer Götter wie Vishnu, Shiva, Kali reihten sich aneinander, aber auch Buddha und Jesus fanden sich dazwischen. Kerzen brannten. Meist junge Mädchen saßen im Kreis und hielten sich an der Hand.

In der Mitte der Guru, ganz in Weiß gekleidet, mit langem Bhagwan-Bart und weißer Kopfbedeckung. In der Linken hielt er brennende Räucherstäbchen. Er hielt eine Ansprache. Wörter konnte sie nicht verstehen.

Aber was sie gesehen hatte, reichte ihr. Sie schritt wieder zum Eingang herum und klingelte. Nach einer Weil öffnete ein junger Mann ebenfalls in einem langen weißen Gewand. Tina schob ihn zu Seite und lief ins Wohnzimmer.

Sie stellte sich provozierend vor dem sitzenden Guru und schrie:

»Hören Sie mit diesem esoterischen Quatsch auf Sie weißer Hampelmann! Ich werde dafür sorgen, dass diese Spinnerei hier beendet wird. Mia komm. Wir gehen!«

Sie wollte Mia vom Boden wegziehen. Doch diese sträubte sich heftig:

»Du hast unseren Meister beleidigt«, schrie sie hysterisch, »ich hasse Dich!«

Der Meister, der sich inzwischen erhoben hatte, sagte im gefälligen Tonfall:

»Deine Mutter weiß nichts von unserer Seelengemeinschaft. Du musst ihr verzeihen ...«

»Das sind doch Phrasen ... Mia komm jetzt ...«

Doch Mia blieb demonstrativ sitzen. Tina stieß den Guru zur Seite und rauschte hinaus. Sie konnte ihre Wut nicht mehr bremsen. Gleichzeitig wurde ihr aber klar, dass sie falsch gehandelt hatte. Die Aktion, die ihren Sohn damals zur Vernunft brachte, war ok. Aber diese nicht.

Als Mia nach Hause kam, war kein Wort aus ihr herauszubringen. Sie verweigerte jegliche Kommunikation. Auch Thomas kapitulierte. Mia war nicht mehr erreichbar.

Tina sprach mit einem Sektenbeauftragten, den ihr ein Bekannter genannt hatte. Der meinte:

»Frau Coller, Sie haben alles falsch gemacht, wenn ich das so sagen darf ...«

»Das habe ich inzwischen auch verstanden«, entgegnete Tina.

»Sie dürfen nicht frontal gegen die Sekte – oder was es ist – anrennen. Sie müssen ihrer Tochter vermitteln, dass Sie sie lieben, auch wenn sie ihre Ansichten nicht teilen. Generell ist es so, dass die Opfer alle Bande zur Familie kappen sollen ...«

»Was ist mit dem Jugendschutz, die ist doch noch minderjährig«, unterbrach ihn Tina.

»Ich werde sehen, was wir juristisch gegen den Guru unternehmen können.«

Sie besprachen noch eine ganze Weile über die Sekten-Problematik. Die Gruppe sei genau im Trend der Zeit, erläuterte der Sektenfachmann. Esoterisches Gedankengut, vermischt mit einem Schuss asiatischen Flairs, das finde in unserer Gesellschaft gerade immer mehr Anhänger. Leider tun manchmal die Jugendämter solche Gruppierungen gern als harmlose Spinner ab.

Tina wusste, ihre Aktion war fehlgeschlagen. Sie wollte mit Thomas darüber reden, dass sie behutsam Mia aus den Klauen dieses Gurus befreien mussten. Aber wie?

Auch ihren Sohn Julian informierte sie. Der hatte schon sowas geahnt. Am nächsten Tag bat er Tina, in sein Zimmer mitzukommen. Er schaltete sein Laptop ein.

»Du wirst es nicht glauben, war Du jetzt sehen wirst«, sagte er mit besorgter Stimme. »In der neuen Internetplattform ›Read up‹ wird Mia regelrecht gemobbt!«

Er machte die entsprechende Seite auf. Tinas Herz klopfte. Es waren Tweets mit widerlichen Schmähungen. Die Schlimmste lautete:

»Mia vögelt ihren Guru!!!!«

Schweiß trat auf ihre Stirn. Sie zitterte, musste sich setzen.

»Das ist Cybermobbing«, sagte Julian. »Vielleicht kann man erreichen, dass der Betreiber diese Seite abschaltet. Ich glaube aber, eher nicht! Es soll spezielle Anwälte geben, die man kontaktieren kann …«

»Was können wir denn tun«, stotterte seine Mutter.

»In der Klasse über uns«, sagte Julian nachdenklich, »da ist einer, der aus so einer religiösen Gruppe ausgestiegen ist ….«

»Wie heißt der? Ich gehe sofort hin.«

Tina stand auf. Die Aussicht, aktiv zu werden, ließ sie wieder etwas aufleben.

»Es ist besser, wenn ich das in die Hand nehme, glaube mir«, sagte Julian bestimmt.

In der großen Schul-Pause passte Julian den Sektenaussteiger ab. Er hieß Hans Wellner. Der kannte die Guru-Gruppe vom Hörensagen. Hans war sofort bereit, zu helfen. Die beiden besprachen Einzelheiten, wie sie vorgehen sollten.

»Ich muss Dich mit Mia bekannt machen, aber so, dass sie nicht unsere Absicht erkennt«, schloss Julian die Unterredung. Sie hatten auch einen unauffälligen Weg gefunden.

Julian informierte seine Mutter über das Gespräch. Sie wollte wegen der Mobbingsache unbedingt etwas unternehmen. Sie bekam über den Sektenexperte auch eine Anschrift einer Anwaltskanzlei, die auf Mobbing spezialisiert war.

Der Anwalt informierte in einer Erstberatung über Ansprüche auf Löschung, Unterlassen, Schadensersatz und Schmerzensgeld. Tina ließ sofort eine Klage bzw. zunächst einen Antrag auf Löschung formulieren.

Der anwaltliche Brief an den Betreiber hatte prompt Erfolg. Die Verleumdungen wurden nach einigen Tagen gelöscht. Das war ein erster Schritt ...

Inzwischen hatten Julian und Hans ein Treffen mit Mia organisiert. Hans lud Mia ins benachbarte Cafe ein. Sie unterhielten sich über Allerweltsfragen. Langsam führte Hans Mia zum Kern der Sache, ohne dass diese den Hintergrund wusste. Julian beobachtete die beiden aus der Ferne durchs Cafe-Fenster und stellte mit Genugtuung fest: Die unterhielten sich recht intensiv ...

Dann verließ Julian seinen Beobachtungsposten und ging zum Training. Seit geraumer Zeit befasste er sich mit asiatischen Kampfsportarten. Die Ursache war banal: Ein Klassenkamerad demütigte ihn mal im Schulhof. Mit paar Griffen lag er unten am Boden, alle lachten. Da schwor er sich, das sollte ihm nicht mehr passieren.

Kapitel 9

Der Detektiv, den Thomas in Sachen Führmann eingeschaltet hatte, kam mit einem Zwischenbericht an. Viel hatte er nicht herausbekommen. Wichtigste Nachricht: Die Protzvilla von Führmann stand zum Verkauf. Der Hausherr war ausgezogen – angeblich in den Bayerischen Wald. Der Sturz war tief. Sehr tief ...

Burgmüller hatte einen Fahrerjob angenommen. Der Detektiv hatte Adresse und Handynummer recherchieren können. Aber einen Tatnachweis über den nächtlichen Einbruch konnte auch er nicht liefern. Es gab keine Spuren. Nichts!

Thomas hatte nicht die Zeit, sich in die Sache reinzuhängen. Der Septima-Auftrag nahm ihn voll in Anspruch. Es war der Agentur gelungen, einen guten Mittelweg zwischen den beiden Werbe-Konzeptionen zu finden.

Beim Abendessen am Wochenende sagte die sonst so schweigsame Mia plötzlich:

»Ich gehe heute noch in die Disco!«

Tina fiel vor Schreck die Gabel aus der

Hand, Thomas prustete ins Glas und Julian grinste und sagte:

»Soll ich Dich begleiten?«

»Nicht nötig!«

Die ganze Familie freute sich, dass Mia in die Disco ging. Meist ist es ja umgekehrt. Aber die Coller-Familie deutete dies als gutes Omen. Sicher hatte Hans seine Rolle glänzend gespielt.

»Wann bist Du zurück?« fragte der Vater mit scheinbar besorgter Miene.

»Um Mitternacht.«

Als Mia aufstand und auf ihr Zimmer ging, um sich umzuziehen, machte Thomas eine Flasche Wein auf:

»Diese Rückkehr ins normale Leben müssen wir feiern!«

In der Tat kehrte Mia wieder zurück in den Alltag – sie hatte sich verliebt.

Es begannen jetzt andere Probleme, aber es waren normale Probleme. Den Sekten-Ausstieg hatten alle Hans zu verdanken. Julian ging dann auch mal mit ihm ein Bier trinken. Mia tat wieder, was andere Teenager auch tun: Chatten, Posten, Filmen, Simsen, Telefonieren. All das hatte sie dem Guru zuliebe aufgegeben.

Es lief alles gut für die Coller-Familie – bis der Anruf von Tinas Freundin, Karin, kam. Ihr Mann war an einem Herzinfarkt gestorben. Schon vor Tagen. Wie üblich hatten sie sich wieder zerstritten, ihr Gatte war mal wieder länger abgetaucht. Dann war er wieder da – man feierte Versöhnung.

Und da passierte es: Charly griff sich plötzlich ans Herz und stöhnte. Er fiel nach vorne und sank seitlich herunter auf den Teppich. Karin hatte gleich den Notarzt gerufen, aber es war zu spät.

»Ich war so fertig«, sagte Karin am Telefon, »dass ich Dich nicht anrufen konnte. Aber das Schlimmste kommt noch …Ich habe von Charly kein Bankkonto gefunden und kein Bargeld …habe alles durchsucht, den Schreibtisch, die Brieftasche, die Anzüge … ich weiß nicht, wie ich die Beerdigung bezahlen soll …«

Tina war ratlos. »Das gibt's doch nicht«, stotterte sie. »der war doch IT-Manager, da muss doch was da sein!«

»Ich war schon bei einigen Banken – nirgends ein Konto …keiner kannte Charly …«

Tina besprach die unglaubliche Geschichte

mit Thomas. Der meinte nach einigem Nachdenken:

»Ich glaube, Charly hat Geld gebunkert – nicht in der Schweiz, das ist zu gefährlich. Vielleicht in Übersee … Curacao, Bermudas oder so. In einer Steueroase halt.«

»Aber da müssten doch Belege zu finden sein«, meinte Tina.

»Wenn es ein Nummernkonto oder Passwortkonto ist, dann nicht ….«

»Aber warum hat er Karin nicht eingeweiht?«

»Vielleicht hatte er eine Geliebte, die das weiß. Die Ehe war doch schon ziemlich beschädigt …Karin sollte einen Detektiv einschalten!«

Die Situation war grotesk und ausweglos. Auch in den Folgetagen kam Karin mit ihren Nachforschungen nicht weiter. Sie musste alles Geld zusammenkratzen, um die Bestattung zu finanzieren.

Eine zweite Hiobsbotschaft kam. Meyerbeer wurde immer kränklicher. Er bat Thomas um eine Unterredung.

»Herr Coller, es geht nicht mehr«, eröffnete Meyerbeer das Gespräch. »Ich bin ernstlich erkrankt, will aber darüber nicht reden. Auch meiner Frau geht es nicht gut. Ich werde aus der Firma ausscheiden. Einiges Kapital werde ich abziehen, einen Teil lasse ich drin – als stiller Teilhaber gewissermaßen!«

Thomas musste diesen Schlag erst verdauen. Doch er hatte dies kommen sehen. Er bat Meyerbeer mit dem Kapitalabzug noch etwas zu warten, was dieser auch bestätigte.

Er war jetzt allein auf sich gestellt. Ein Unglück kam selten allein. Nur der Septima-Werbevertrag ließ ihn positiv in die Zukunft schauen. Kaum ist man oben, kriegt man eins auf den Deckel, sagte er zu sich.

Kapitel 10

Eine dritte Hiobsbotschaft kündige sich an: die Handwerker-Rechnungen über die Renovierung der verwüsteten Agenturräume. Weit mehr als Thomas befürchtet hatte. Und kein Ersatz – es sei denn, man könnte den Einbruch nachweisen.

Burgmüller – immer wieder fiel ihm dieser Name ein. Er war's. Thomas war sich sicher. Ein Plan reifte. Dann sprach er mit Julian:

»Julian, wir statten dem Burgmüller einen Besuch ab. Ich brauch Dich als Zeugen!«

»Was hast Du vor?«

»Das wirst Du schon sehen, morgen Abend fahren wir mal hin ...«

Burgmüller wohnte im Südosten, in der Bachsiederstrasse. Als beide klingelten, tat sich erst nichts, dann wurde die Tür geöffnet. Burgmüller sah ziemlich ramponiert aus, eine Alkoholfahne wehte ihnen entgegen.

Thomas schob ihn zurück, ging in die Diele, Julian folgte. Es war eine heruntergekommene Bude. Im Wohnzimmer stand ein abgenutztes Sofa, zwei braune undefinierbere

Sessel aus speckigem Leder. An der Wand standen zwei Ikea-Regale. Insgesamt machte die Wohnung einen billigen Eindruck – heruntergekommen wie der Bewohner.

»Hey, was soin des?« plärrte Burgmüller.

Im Wohnzimmer baute sich Thomas vor Burgmüller auf:

»Wir wissen, dass Sie den Einbruch gemacht haben! Wo sind die Nachschlüssel?«

»Wos? I woaß vo nix, I versteh nur Bahnhof ...«

»Julian, geh ins Bad und lass Wasser ins Waschbecken ...«

»San Sie bled? Schaun's, dass Sie aussi kemma ...«

Der kräftige, hochgewachsene Thomas packte den kleinen Burgmüller mit beiden Händen und stieß ihn Richtung Bad. Er schleifte ihn zum gefüllten Waschbecken und tauchte seinen Kopf hinein.

»Papa, das kannst Du nicht machen«, empörte sich Julian, » das ist ja Waterboarding wie bei der CIA!«

Thomas befreite Burgmüller.

»Wo sind die Schlüssel?«

Da Burgmüller nur gurgelte, tauchte er ihn nochmals hinein.

Dann erst zeigte Burgmüller Richtung Wohnzimmerschrank. Thomas ließ ihn los.

»Zweite ...äh ... Schu ...Schublade links ...«

Julian fand die Schlüssel unter einem Papierstapel. Er packte sie vorsichtig in eine mitgebrachte Plastiktüte.

»I zoag Eahna o ...« schrie der hustende Burgmüller.

»Wir zeigen Sie an«, entgegnete Thomas, »auf den Schlüsseln sind Ihre Fingerabdrücke. Die Polizei soll sie mal mit denen in den Agenturräumen vergleichen!«

Burgmüller hustete noch immer, wurde aber kleinlauter. Er sah keinen Ausweg mehr.

»Ich rate Ihnen Folgendes«, sagte Thomas mit ruhiger Stimme. »Sie machen eine Selbstanzeige, sagen, dass Sie von Führmann erpresst worden sind. Vor Gericht schwäche ich die ganze Sache ab, die Versicherung zahlt den Schaden.«

Burgmüller, durch die Tortur wieder nüchtern geworden, nickte.

»Ich gebe Ihnen paar Tage, wenn dann nichts passiert, gehe ich zur Polizei. Julian komm ...«

Als sie im Auto waren, meinte Julian: »Das

war zwar cool, wenn aber der gleichzeitig Dich anzeigt, dann ist was los!«

In der Tat, daran hatte Thomas nicht gedacht. Aber jetzt war es zu spät. Das Ding war gelaufen.

Nach einigen Tagen kam ein Anruf von der Polizei. Burgmüller hatte tatsächlich eine Selbstanzeige gemacht. Thomas rief sofort seinen Versicherungsmakler an. Der meinte am Telefon:

»Wenn die Beweislage klar ist, zahlt die Versicherung den Vandalismus-Schaden. Wir nehmen dann natürlich Regress bei diesem Burgmüller.«

»Da ist aber nicht viel zu holen« schloss Thomas.

Nach einiger Zeit war die Schadenersatzfrage mit der Versicherung geklärt. Die renovierten Räume konnten wieder bezogen werden. Der Septima-Auftrag stand noch immer im Mittelpunkt.

Eines Morgens, nach dem Frühstück, schaute Tina kurz in die Zeitung. Sie hatte sich angewöhnt, das Blatt von hinten her zu lesen. Und auf der letzten Seite interessierte sie eine kleine Meldung:

Zwei Jahre für Drogendealer

Der Drogendealer Johnny H. wurde wegen Drogenbesitzes zu einer Gefängnisstrafe von 2 Jahren und 3 Monaten verurteilt. Die Polizei fand ihn damals ans Bett gefesselt in seiner Wohnung. Von der Täterin, die als Black-Lady durch die Medien geisterte, fehlt auch heute noch jede Spur.

Tina schnitt – als sie allein war – die Pressenotiz aus, um sie später Julian zu zeigen. Thomas wusste weiterhin von nichts.

Als Drama erwies sich die Suche nach Zirners Geld. Karin hatte einen Detektiv beauftragt, der brachte auch nichts heraus. Auch David Kohlmauer, der damals sofort seine Hilfe angeboten hatte, kam nicht weiter. Es war wie verhext. Keine Spur.

Kohlmauer kam zwar nicht ans Zirners Geld, dafür mehr an Karin selbst. Er war seit einiger Zeit geschieden und wusste auch um die Ehe von Karin. Es bahnte sich etwas an, das hatte auch Tina schon geschnallt. Karin wurde finanziell von David unterstützt.

Um sie von dem ganzen Schlamassel abzulenken, lud er sie zu einer Kreuzfahrt ein. Es war eine Last-Minute-Buchung. Suite mit

Balkon. David machte in kurzer Zeit in der Reisebranche Karriere und besaß die besten Beziehungen.

Sie flogen von München in die Emirate. Erste Station war Dubai. Karin begeisterte sich für die gigantischen Wolkenkratzer, die sie bei einer Taxi-Rundfahrt sehen konnte. Im Sieben-Sterne-Hotel Burj al-Arab gab es Mittagessen und einen grandiosen Ausblick. Noch toller war der Ausblick auf dem höchsten Gebäude der Welt, dem Burj Khalifa. Der Tag schloss mit einer Bootsfahrt auf dem Creek.

Die nächsten Tage waren so unglaublich für Karin, dass sie alle Sorgen vergaß. Es ging dann weiter nach Abu Dhabi, Bahrein und Muscat im Oman. Ein Highlight folgte dem andern – von den riesigen Shopping-Malls abgesehen.

Nur als sie wieder zuhause waren, kam der Frust wieder. Sie klapperte wieder paar Münchner Banken ab, die sie bei ihrer Suchaktion noch nicht im Blick hatte. Das Ergebnis war niederschmetternd. Nichts …

Wirre Gedanken und Ängste ließen sich nicht verscheuchen. Was, wenn er doch ein

Konto in der Schweiz hatte? Wenn es sogar Schwarzgeld wäre? Wenn sein Name auf einer CD stehen würde, die die Finanzminister der Bundes-Länder ankauften? Und wenn noch Steuerhinterziehung vorlag? Bin ich dann als Alleinerbin haftbar?

Sie rief David an. Der hatte sich zuvor kundig gemacht.

»Karin, selbst wenn es Schwarzgeld wäre, passiert Dir nichts.«

»Ich bin ja auch nicht schuldig!«

»Aber Du müsstest es nur dem Fiskus melden!«, sagte David. »Allerdings will das Finanzamt die Steuernachzahlung plus Strafzinsen ...«

Kapitel 11

Es dauerte nicht lange und der Prozess gegen Burgmüller und dessen Chef begann. Thomas machte seine Aussage, schwächte sie etwas ab, wie er es dem Burgmüller versprochen hatte. Der seinerseits belastete Führmann erheblich als Erpresser. Was sich dann im Urteil niederschlug.

Burgmüller kam einigermaßen gut davon, da er nicht vorbestraft war. Er bekam viele Stunden Sozialarbeit aufgebrummt. Führman, als Erpresser und Drahtzieher, erhielt eine saftige Geldstrafe – ersatzweise Haft. Führmann blickte mit hasserfüllten Augen auf Thomas, machte eine drohende Geste und verschwand mit seinem Verteidiger aus dem Gerichtssaal.

Thomas war klar, sein einstiger Werbe-Gegner lag endgültig am Boden. Wie ein angeschlagener Boxer. Aber angeschlagene Boxer sind gefährlich. Sie riskieren alles – eine alte Sportlerweisheit.

In der Agentur wie auch in der Familie lief alles bestens. Mia hatte dem Guru endgültig den Rücken gekehrt; ging wieder aus. Mehr als normal, wie Thomas meinte.

Eines Abends war sie wieder auf Tour mit Hans. Es wurde Mitternacht, es wurde 2 Uhr – keine Mia. Da machten sich die Eltern erstmals Sorgen. Tina rief Hans an. Schlaftrunken griff der nach seinem Smartphone.

»Ich war nicht mit Mia verabredet«, sagte er. »Vorgestern habe ich mit ihr gesprochen, dass ich stark erkältet bin, also nix Disco ...«

Jetzt wurde Tina nervös. An Schlaf war nicht zu denken. Als der Morgen graute, war Mia immer noch nicht da. Die Eltern riefen erst diverse Freundinnen an, dann abwechselnd die umliegenden Krankenhäuser – nichts. Die Polizei beruhigte die Collers. »Das wird sich schon aufklären, das haben wir öfters ...«

Gegen 10 Uhr ein Anruf auf dem Festnetz. Eine verzerrte Stimme schnarrte:

Wir haben Mia. Unsere Forderung sind 500.000 Euro. Keine Polizei, sonst passiert Mia etwas. Besorgen Sie das Geld. Wir melden uns wieder ...«

Die Eltern standen unter Schock. Waren unfähig zu irgendeiner Reaktion. Aber dachten beide dasselbe:

Führmann. Das ist Führmann. Der steckt dahinter. Als die beiden sich einigermaßen gefasst hatten, sagte Thomas:

»Soviel Geld kann ich nicht auftreiben!«

»Können wir nicht Meyerbeer bitten«, fragte Tina.

»Können wir nicht. Der wollte ja sein Kapital aus der Firma abziehen; ich habe ihn gebeten, da noch zu warten.«

Gegen 5 ein zweiter Anruf. Die gleiche Stimme:

»Seien Sie übermorgen um 12 Uhr mit dem Geld in einer Aktentasche in Starnberg – warten Sie dann auf weitere Anweisungen. Lassen Sie das Handy an.«

»Hören Sie ... hallo ...hallo ...aufgelegt.«

Thomas war kreidebleich:

»Wieso kennt der meine Handy-Nummer? Tina, die meinen es richtig ernst ...«

Thomas musste in die Agentur. Doch er konnte nicht arbeiten. Nach einer Stunde verschwand er mit einer Ausrede. Auf dem Heimweg kam ihm eine verwegene Idee.

»Wir präparieren die Aktentasche; auf einzelne Papierbündel legen wir echte Geldscheine. Ich sehe keine andere Lösung ....«

Tina hielt die Idee für nicht durchführbar:

»Wenn die das merken, ist Mia in höchster Gefahr.«

»Das glaube ich nicht. Führmann will uns eins auswischen. Zur Polizei gehen, halte ich für gefährlicher.«

Sie redeten die halbe Nacht. Dann stimmte Tina zu.

Thomas für allein nach Starnberg. Tina, Julian und Hans folgten im zweiten Auto, das sie geliehen hatten.

Punkt 12 klingelte Thomas Handy. Die gleiche verzerrte Stimme:

»Steigen sie um 12.30 Uhr in das Ausflugschiff Seeshaupt und warten Sie auf weitere Anweisungen ...«

Thomas tat was gefordert wurde. Die anderen mischten sich unter die Touristen und fuhren ebenfalls mit. Als das Schiff Tutzing anlief, klingelte das Handy erneut:

»Ein Mann mit einer Baseballkappe wird hinten am Heck auf Sie zukommen und sagen: ›Geben Sie mir Ihren Koffer‹. Dann wird Mia freigelassen – Sie können sie dann am Ufer sehen ...«

Als das Gespräch beendet war, erschien der

Kappen-Mann in Jeans und grünem Pullover. Er leierte den besagten Spruch herunter, wollte aber einen Blick in den Koffer werfen.

Thomas öffnete den Koffer, schloss ihn aber gleich wieder zu mit der Bemerkung:

»Da kommt jemand!«

Julian und Hans kamen wie verabredet hinzu. Gleichzeitig gab der Kappen-Typ mit der Hand ein Signal in Richtung Ufer. Kurz darauf rannte Mia auf den Passagier-Steg. Der Austausch ging wie geplant über die Bühne. Zuvor hatte Thomas die Zahlenräder am Geldkoffer verändert, so dass die Entführer nicht gleich öffnen konnten.

Die Freude war groß als die ganze Familie Mia in die Arme schloss. Alles war vergessen, was vorher war. Am anderen Ufer stiegen sie aus und fuhren mit dem Bus zurück nach Starnberg. Beide Autos waren in einer kleinen Seitenstraße geparkt.

Die Frage war: Wie würden die reingelegten Entführer reagieren? Und war es Führmann überhaupt mit seinen Leuten? Vieles sprach dafür, einiges dagegen.

Julian wollte gleich zu Burgmüller aufbrechen. Thomas bremste ihn:

»Burgmüller hat den Führmann so reingerissen, da läuft nichts mehr ...«

Die Familie und Hans diskutierten stundenlang, ob sie zur Polizei gehen sollten oder nicht. Und sie kamen zu keinem Ergebnis ... Mia wollte die ganze Sache so schnell wie möglich vergessen. Sie wehrte sich gegen jegliche Ermittlungen des Staatsanwaltes.

Ihre Erinnerung an die Entführung war grausam. Als sie die Disco verließ – ihre Freundin wollte noch bleiben – spürte sie Schritte hinter ihrem Rücken. Sie beschleunigte. Zwecklos. Plötzlich wurde sie links und rechts gepackt und in einen SUV gezogen. Dort verband man ihr als Erstes die Augen.

Die Fahrt ging etwa eine halbe Stunde. Dann wurde sie herausgezerrt und einige Stufen runter in einen Keller gebracht. Wahrscheinlich in einem leer stehenden Haus. Sie hörte noch die Türe zuknallen und ein Schlüssel wurde klirrend umgedreht. Sie legte sich auf das Bettgestell und wollte schlafen. Es klappte nicht. Das Smartphone hatte man ihr abgenommen.

Erst am Morgen kam ein Mann mit einer Gesichtsmaske herein und stellte wortlos das

Essen hin. Die Prozedur wiederholte sich bis zu Ihrer Zwangsreise an den Starnberger See.

Es vergingen Wochen und es gab keinerlei Reaktionen seitens der Entführer. Merkwürdig. War das alles nur ein Warnschuss? Oder waren sogar die einstigen Mobbing-Freunde von Mia im Spiel? Nicht sehr wahrscheinlich.

In der Zwischenzeit hatte Julian Mia überredet, mit ihm ins Training zu gehen. In seinem Club gab es einen speziellen Taekwon-Do-Kurs für Frauen. Die Kursleiterin machte einen starken Eindruck. Sie versicherte Mia, dass die verschiedenen Selbstverteidigungsmethoden in Notfällen durchaus helfen können. Voraussetzung: Training und viel Zeit. Die Entführung hatte Spuren hinterlassen. Mia war schnell dabei. Sie wollte sich nicht mehr wie ein Lamm zur Schlachtbank führen lassen.

Julian war seinerseits schon so weit, dass er sich vor keinem Gegner fürchten musste. Er reagierte schnell und äußerst beweglich. Er übte unentwegt blitzschnelle Fußtritte und Handkantenschläge.

Kapitel 12

An einem Samstag Morgen rief Frau Meyerbeer mit tränenerstickter Stimme an. Ihr Mann war in der Nacht gestorben. Thomas hatte dies kommen sehen, hatte es aber nicht so schnell erwartet. Natürlich half er bei den Vorbereitungen zur Beerdigung.

Am Grab sah er auch erstmals den Sohn der Familie. Zur Feuerbestattung kamen sehr viele Menschen. Beim anschließenden Zusammensein in einem nahegelegenen Lokal unterhielt sich Thomas auch mit dem Sohn. Dieser wollte in den nächsten Tagen vorbeikommen zu einem Gespräch über die Zukunft.

Nach einer Woche kam Herbert Meyerbeer ins Büro von Thomas. Er kam ohne Umschweife gleich zum Thema:

»Herr Coller, mein Vater hat in seinem Testament bestimmt, dass meiner Mutter das Haus und andere Vermögenswerte zufallen sollen und mir die Anteile an der Werbeagentur.«

Thomas ahnte nichts Gutes. Und er sollte rechthaben.

»Ich muss Ihnen leider mitteilen.«, fuhr Meyerbeer fort, »dass ich das gesamte Kapital aus der Firma abziehen werde ...«

»Das können Sie doch nicht machen!« Thomas war wie vor den Kopf gestoßen.

»Das geht nicht, das kann ich nicht ...!«

»Ja, das ist doch wohl Ihr Problem«, sagte Meyerbeer Junior mit kaltem Lächeln. »Ich gebe Ihnen drei oder vier Wochen ... Dann ist Zahltag!«

Mit diesen Worten stand er auf, ging grußlos zur Tür und ließ den wie versteinert dasitzenden Thomas zurück. Ohne Meyerbeers Einlage konnte die Agentur nicht gehalten werden. So viel Kredit bekam er als Ersatz bei keiner Bank. Er konnte die Sache drehen und wenden wie er wollte, es gab keine Lösung ...

Es kam noch dicker. Der Werbeleiter Ostermann von der Septima Versicherung rief nach einer weiteren Woche an:

»Herr Coller, in der Branche geht das Gerücht um, Sie wären insolvent. Mein Vorstand will natürlich wissen, was daran wahr ist?«

Das konnte nur einer gestreut haben: Führmann. Thomas war ganz sicher. Das war die Retourkutsche für die missratene Entführung.

Auch Tina konnte nicht helfen. Sie hatte zwar etwas Kapital. Aber es reichte nicht. Thomas ging zu seinem Anwalt. Der aber machte ihm wenig Hoffnung.

Es war unausweichlich: Die Agentur war am Ende. Alles, was in Jahren aufgebaut wurde, war einfach weg. Wie ausradiert. Eine einzige Katastrophe!

Der junge Meyerbeer zog tatsächlich alles Kapital ab. Thomas musste schauen, ohne Schulden aus dem Schlamassel heraus zu kommen. In den nächsten Wochen stand die Abwicklung der Agentur im Vordergrund. Angefangen von der Mitarbeiter-Freisetzung bis zur Kündigung des Mietvertrages der Räumlichkeiten.

Thomas musste an den Werbechef denken, der von diesem New Yorker Geschäftsmann ruiniert wurde und jetzt Hartz IV bezieht. Er war down. Und die Stimmung in der Familie blieb gedrückt. Die Kinder setzten alles daran, ihre Eltern aufzuheitern. Sie nahmen das alles nicht so schlimm

Als Julian am Mittag seine Schule verließ, sah er an der Ecke zwei üble Typen stehen. Es waren Dealer, die öfters da rumhängen. Julian wollte wortlos an den Beiden vorbei gehen, da packte ihn der eine am Arm:

»Hey, Du bist doch der Coller. Wir wissen jetzt, wer die Black-Lady war!«

Der zweite Typ kam bedrohlich näher. Julian sah noch einen weiteren Dealer etwas weiter hinten, an der Mauer lehnend. Plötzlich hatten beide ein Messer der Hand.

»Jetzt wird abgerechnet, Du wirst noch Dein blau ...«

Ehe er weiter reden konnte, hatte Julian ihn mit einem blitzschnellen Kung-Fu-Kick in den Bauch getreten. Dann versetzte er dem anderen einen Handkantenschlag an den Hals. Der sackte zusammen wie ein gefällter Baum. Als der andere sich wieder aufrappeln wollte, bekam er sogleich einen weiteren Hieb zwischen die Augen. Er stürzte auf den stöhnenden Kollegen.

Der dritte Typ an der Mauer kam näher. Julian tat so, als ob er ihn nicht sehen würde. Als er in Reichweite war, versetzte ihm Julian einen brutalen Kantenschlag ans Kinn. Die

Wirkung war grotesk: Der Mann verdrehte die Augen, heulte auf und fiel im Zeitlupentempo auf die beiden anderen Typen.

Alle drei Dealer lagen auf dem Boden. Zu keiner weiteren Reaktion fähig. Julian sammelte die beiden Messer ein und meinte trocken:

»Wenn ich Euch nochmals in der Nähe unserer Schule sehe, gibt es eine wieder eine Abreibung ...«

Dann ging er weiter ohne sich einmal umzusehen. Abends erzählte er mit stolzgeschwellter Brust den Vorfall seiner Mutter. Die war begeistert.

Beim Abendessen sagte Julian zu seinem Vater:

»Bald mache ich Abitur; ich muss nicht unbedingt studieren, sondern kann dann Geld verdienen. Wir müssen zusammenhalten ...«

Thomas wusste, er hatte eine tolle Familie hinter sich. Es musste irgendwie weitergehen.

Inzwischen hatte der Detektiv herausgefunden, dass tatsächlich Führmann hinter den ganzen Schweinereien steckte. Er muss noch genügend Geld haben, um sich wechselnde Wohnsitze leisten zu können, meinte der Ex-Polizist. Oft würde er sich im Ausland aufhalten und angeblich auf billigen Kreuzfahrtschiffen rumhängen.

Auch hatte die Detektei Siggi Lachenmayer in Erfahrung bringen können, wofür Herbert Meyerbeer sein Erbteil verwendet hatte. Er steckte es in ein großes Laufhaus in München – die Umschreibung für ein Bordell.

Thomas wollte das kaum glauben. Der alte Meyerbeer würde sich im Grabe umdrehen, sagte er sich. Selbst in seinem Lokalblättchen, machte das Freudenhaus, das »Royalblue«, Werbung. Unter einem Sex-Foto stand da:

»Das Royalblue ist ein Top-Laufhaus, das Erotik auf hohem Niveau bietet. Mit internationalen Künstlerinnen, die regelmäßig wechseln und einer Gentleman-Bar samt Tabledancebereich ...«

Da also floss das Geld seines einstigen Teilhabers hinein – bezahlt mit dem Ende einer einst blühenden Werbeagentur ...

Kapitel 13

David Kohlmauer, der Freund von Karin Zirner, Tinas Freundin, feierte Geburtstag. Er hatte paar Geschäftsfreunde und auch die Coller-Familie eingeladen. Es wurde eine interessante Party, weil viele interessante Leute da waren.

Das Geld von Karins verstorbenem Ehemann war immer noch nicht aufgetaucht. Ein einziges Rätsel. Für David war die Sache indes klar: Das Kapital ruhte renditeträchtig in irgendeiner Steueroase ...

David hatte natürlich auch von der Insolvenz der Werbeagentur erfahren. Karin bat ihn, Thomas zu helfen. Am späten Partyabend zogen sich die beiden zurück. Inzwischen duzten sie sich.

David wusste nicht recht, wie er das Gespräch anfangen sollte. Dann gab er sich einen Ruck:

»Thomas, ich möchte Dir in unserem Reisekonzern einen guten Job anbieten. Aber im Moment geht es nicht. Ich hätte eine Übergangslösung ...«

»Und die wäre«, fragte Thomas interessiert.

»Ich habe da unter anderem eine kleine Agentur, die Bewertungen über Produkte und Dienstleistungen im Internet abgibt.«

»Was für Bewertungen?«

»Es sind positive Bewertungen von Produkten und Dienstleistungen. Es begann mit Hotels, die wir kannten. Dann hatte ich keine Zeit, mich darum zu kümmern. Jetzt ist es so, dass die zwei Mitarbeiter dort auch Bewertungen schreiben von Dingen, die sie gar nicht ...«

»Also gefälschte Bewertungen«, sagte Thomas enttäuscht.

»Ja und nein«, wand sich David. »Ich habe die Kontrolle verloren. Eigentlich wollte ich ursprünglich ein Bewertungsportal aufmachen. Auf dieser Plattform sollten vor allem Urlauber objektiv ihre Meinung äußern können. Aber die Offerten der Hotelkonzerne waren zu verlockend ...«

»Du meinst, die bringen eine Gegenleistung für jeden positiven Eintrag?«

»So ist es!«

Thomas dachte nach. Natürlich hatte er schon von »Fake«-Agenturen gehört, die

Texte so lancieren, dass der Nutzer, der die Bewertungen dann am Ende liest, nicht erkennt, dass diese von einer Agentur geschrieben wurden, sondern denkt, dass es die Nachbarin um die Ecke war.

Er konnte sich an eine Studie des IT-Branchenverbands BITKOM erinnern, die feststellte, dass jeder zweite Internetnutzer vor einem Kauf die Online-Bewertungen anderer Kunden liest. Eine andere Untersuchung ging sogar von zwei Drittel der Befragten aus, die ihren Kauf von Nutzermeinungen abhängig machten. Und Branchenkenner kamen zu dem Ergebnis, dass 20 bis 30 Prozent der Bewertungen gefälscht sind.

»Thomas, wir könnten einen Deal machen«, meinte David. »Du versuchst daraus meine ursprüngliche Absicht zu realisieren. Also ein echtes Reise-Portal für Urlauber. Und wenn das nicht klappt, dann mache ich den Laden zu. Dann kann ich Dir sicherlich einen adäquaten Posten bei uns anbieten.«

Thomas wollte anfangs noch um eine Bedenkzeit bitten, sah aber schnell ein, dass er eigentlich keine Alternative hatte. Also sagte er zu.

David führte ihn im am nächsten Monatsbeginn in die kleine Agentur ein, die sich Xeltas nannte. Ein seltsamer Name. Noch seltsamer waren die Methoden, mit denen die zwei Beschäftigten arbeiteten. Von objektiver Bewertung keine Spur.

David hatte beschönigt. Die zwei Typen schrieben unablässige getürkte Bewertungen vor allem für Hotels im Ausland. Als Test nahm sich Thomas stichprobenartig paar Bewertungen heraus. Schon die erste war ein Hammer. Er las:

»Heller Sand, grüne Palmen, weißblaue Häuser. Mit ihren Häusern im landestypischen Stil wirkt die Anlage wie ein kleines einheimisches Dorf. Das Hotel liegt strandnah, zentral und doch ruhig. Es steht für ungetrübte Urlaubsfreude und anspruchsvollen Service.«

Als ehemaliger Texter sah Thomas sofort: So schreibt kein Urlauber. Das ist Werbestil der Prospekt-Kataloge. Und er brauchte nicht lange zu suchen. Unter der Zeitung lag ein Prospekt über die Kanaren. Er suchte kurz und fand gleich die passende Stelle. Wortwörtlich abgeschrieben.

Er nahm sich den Urheber vor:

»Sagen Sie mal, sind Sie von allen guten Geistern verlassen? Wenn Sie schon falsche Bewertungen schreiben, dann doch wenigstens glaubhaft und nicht im Prospekt abgekupfert!«

Wütend knallte er dem verdutzen Mitarbeiter die Bewertung auf den Tisch. Dann machte er sich an die Marktanalyse. Und stellte ernüchternd fest: Der Markt ist voll. Praktisch alle großen und mittleren Unternehmen vorwiegend in der Dienstleistungsbranche werden von zahllosen Portalen bewertet.

Zuhause ließ er sich seinen Frust nicht anmerken. Nach der Frage der Familie. »Wie läuft's denn?« sagte er nur »Geht schon«. Tina wusste dann schon.

Er trimmte die zwei Xeltas-Typen darauf, wenigstens so zu schreiben, dass man an eine Beurteilung durch Urlauber glauben konnte. Die hymnischen Elogen kürzte er und ließ auch paar Kritikpunkte einfließen. Natürlich war diese Arbeit für ihn eine einzige Zumutung. Er dachte an Alternativen. Wollte andererseits nicht, dass Kohlmauer in fallen ließ. Was sich auch später als richtig erwies.

Denn nach sechs Wochen, hatte David ein besseres Angebot und schloss kurzerhand die Xeltas-Agentur. Thomas sollte auf ein Kreuzfahrtschiff und als verdeckter Tester arbeiten. Das war schon besser. David erläuterte:

»Schiffe der Cory-Flotte stehen zwar unserem Reisekonzern sehr nahe. Doch will man einen objektiven Test, um Missstände abschaffen zu können. Es geht also wirklich um neutrale Beurteilungen. Du müsstest Dich allerdings mit der Materie vertraut machen!«

Mit Begeisterung stürzte sich Thomas in die Arbeit. Er informierte sich über die Sicherheits-, Rettungs- und Brandschutzeinrichtungen. Las alles über Passagierinfos, Orientierungshilfen, Unterhaltungsangebot, Hygiene, Gastronomie, Ausflugsprogramme, Kabinen-Inventar etc..

Aber all das war erstmal graue Theorie. Doch die Praxis sollte bald kommen.

Kapitel 14

Die Stimmung im Hause Coller stieg wieder. Tina arbeitete inzwischen als freiberufliche Grafikerin für einen Verlag. Aber die Aufträge kamen nur stückweise oder blieben mal ganz aus. Dem Verlag ging es nicht allzu gut. Er hatte den Weg zu den digitalen Medien zu spät angetreten.

Auch in der Verlags-Branche kämpften die Konkurrenten erbittert um Marktanteile. Die Auflagen der Zeitungen gehen kontinuierlich zurück; der Buchmarkt schrumpft. Gewinner können die ebooks sein, die man auf einen Reader laden kann.

Hinzu kommt: Grafiker wurden im Computer-Zeitalter immer weniger gebraucht. Mit der Animationstechnik wird immer mehr gearbeitet. Und Tina hatte diesen Trend nicht kommen sehen.

Bei den Kindern stand das Schulende bevor. Mia war inzwischen selbstbewusster geworden. Das regelmäßige Training trug dazu bei. Es schien ihr immer rätselhafter, wie sie einst dem Guru verfallen konnte. Sie schämte sich dafür, wenn sie in der Klasse daraufhin angesprochen wurde. Von Esoterik hatte sie sich endgültig verabschiedet.

Sie erhielt per WhatsApp eine Einladung von Jimmy, dem Klassensprecher. Der wollte zuhause eine Schulend- oder Ferienbeginn-Party machen. Fast alle kamen. Die Mädels hatten den angesagten Fummel an. Die Musik war laut und die Stimmung hoch.

Es war eine kleine Villa im schicken Bogenhausen. Das Wohnzimmer, ein riesiger Raum mit 40 Quadratmeter, war mit den neuesten Möbeln eingerichtet. Schwere Samtvorhänge hingen an den Fenstern. In der Mitte prangte ein großer Kronleuchter an der Decke. An der einen Seite ragte ein Bücherregal bis nach oben – prallgefüllt mit unzähligen Büchern. An der anderen Seite, vor dem TV- und Phonoschrank, standen zwei riesige Boxen, aus denen wummernde Bässe dröhnten.

Pedro glänzte als Lehrerimitator. Er konnte fast alle Lehrer nachmachen. Insbesondere den für Physik, den Munch. Bei Munch ging im Labor viele Versuche schief. Er tobte dann und schrie herum. Es war immer eine Gaudi.

Die Deutschlehrerin Wienold hatte eine etwas feuchte Aussprache. Für Jimmy war sie die beste Vorlage. Er lispelte übertrieben und erntete mit seiner Nummer tosenden Beifall.

Mit dem Alkoholpegel stieg auch die Partylaune. Manche tanzten zum aktuellen Discosound, manche standen in Gruppen herum. Die Gespräche drehten sich hauptsächlich darum, wer was wo in den Ferien vorhatte.

Mia war ebenfalls in ein Gespräch vertieft. So bekam sie nicht mit, dass schon viele die Party verlassen hatten. Vor allem die Mädels waren weg. Jimmy lotste Mia unter einem Vorwand ins Nebenzimmer, Pedro und Maxi folgten.

Die restlichen Gäste verdrückten sich nach und nach.

»Wir bleiben doch noch ein bisschen, Mia. Oder nicht?«

»Nein, ich gehe jetzt auch, es war klasse …«

»Bleib doch noch«, sagte Maxi und schob sie sanft in den großen Sessel. Pedro begann gleich zu fummeln. Als Jimmy sie von hinten weiter in den Sessel drückte, merkte Mia, was da abging. Alle drei waren stark angetrunken.

Sie war schlagartig nüchtern. Konzentrierte sich und wusste, was sie machen musste. Aber wie aus dem Sessel kommen? Sie probierte es mit einer List:

»Lasst mich doch los. Ich mach auch so mit …«

Erfreut ließen die drei von Mia ab. Die kam umständlich aus dem Sessel und tat so, als sei sie high.

»Mia zeig Deine Möpse«, grölte Pedro.

»Wir helfen Dir dabei«, sekundierte Maxi.

Er stand breitbeinig vor Mia. Die fackelte nicht lange. Ein blitzartiger Tritt zwischen die Beine folgte. Maxi heulte auf wie ein Hund, stürzte aufs Parkett. Pedro erhielt einen Handkantenschlag auf die Nasenwurzel. Blut schoss heraus. Er schrie wie ein Irrsinniger: »Du spinnst doch …«

Jimmy kam inzwischen von hinten und packte Mia. Sie bückte sich und warf ihn mit einem Hüftwurf regelrecht ab. Mit einem gezielten Tritt aufs Schienbein beförderte sie Jimmy, der sich aufrappeln wollte, wieder zu Boden.

Dann packte Mia ihre Sachen und verließ die Party. Sie stolperte grußlos an den Eltern von Jimmy vorbei, die ausgegangen waren, um die Party nicht zu stören. Der Mann murmelte noch etwas wie:

»Die werden alle betrunken sein und die Räume verwüstet haben ...«

Mit ihrem Handy rief Mia ein Taxi, das auch bald kam. Kurz nach Mitternacht erreichte sie ihr Zuhause.

Julian war noch wach, saß am Computer. Er merkte gleich, da war was. Mia machte auch keinen Hehl daraus.

»Julian, ich danke Dir, dass Du mich zum Training überredet hast. Heute konnte ich alles gebrauchen.«

Sie erzählten den Vorfall. Sie diskutierten ziemlich laut. So laut, dass die Eltern aufgestanden waren und hinzukamen. Was war nur mit der Coller-Familie los? Von allen Seiten stürzte Gewalt auf sie ein. Bei dieser Gelegenheit, offenbarte Tina, dass sie die Black-Lady von damals war.

Mia war sprachlos, Thomas geschockt.

»Das glaube ich nicht«, sagte er schwach.

»Es war so«, ergänzte Julian und berichtete seinerseits von den Dealern, die er abserviert hatte.

»Mein Gott, was habe ich eine tolle Familie«, stammelte Thomas. »Eine Familie, die zusammen hält, egal was passiert«, fügte Tina hinzu.

»Es ist wie beim Schiller, der Rütlischwur«, sagte Thomas zum Schluss, der wieder seine Fassung gefunden hatte.

Am nächsten Morgen die Überraschung: An der Haustür standen die Eltern von Jimmy. Sie baten um Einlass. Im Wohnzimmer druckste der Vater von Jimmy etwas herum, dann sagte er im gedrechselten Tonfall:

»Wir möchten uns ganz offiziell bei Ihnen entschuldigen, was in der Party in unserem Haus vorgefallen war.«

Mittlerweile war auch Mia hinzugekommen.

»Das müssen Sie vor allem zu meiner Tochter sagen«, meinte Thomas.

Die wiederum war wieder gefasst und nickte nur.

»Als wir nach Hause kamen«, fuhr der Vater von Jimmy fort, »sahen wir drei Jungs, die stöhnend und blutend am Boden lagen. Darunter unseren Sohn. Ihre Tochter hat denen eine Lektion erteilt. Alle Achtung. Das hatten die verdient. Sie redeten sich heraus, sie hätten zu viel Alkohol getrunken. Ich weiß nicht, Mia, was Sie jetzt machen wollen?«

»Gar nichts«, sagte Mia leise.

»Natürlich werden sich alle drei bei Ihnen, Mia, entschuldigen. Das ist ja das Mindeste. Ich meinerseits werde daraus Konsequenzen ziehen.«

Damit verabschiedete sich das Ehepaar.

Der stolze Thomas nahm seine Tochter in die Arme: »Du bist die Größte …«

In der Tat war aus der folgsamen, esoterisch angehauchten Mia eine selbstbewusste junge Frau geworden. Der Erfolg in der Partynacht ermunterte sie, ihr Training noch weiter zu intensivieren. Sie wollte perfekt werden.

Julian seinerseits probierte eine Menge neuer asiatischer Kampftechniken aus. Er wollte demnächst an Meisterschaften teilnehmen. Und er wusste: Die Drogen-Mafia würde keine Ruhe geben.

Er musste vorbereitet sein.

Es gab noch ein Grund zum Training zu gehen. Er hatte Conny kennen gelernt; sie arbeitete als Volontärin bei einem Münchner Boulevardblatt.

Mit ihr trainierte Julian verbissen Angriffs- und Abwehrtechniken – mit Messer, Pistole oder Schlagwaffen.

Sie durfte bei den verschiedenen Redaktionen reinschnuppern, bei Politik, Lokales, Feuilleton, Wirtschaft oder Sport. Conny war ehrgeizig und intelligent. In den einzelnen Ressorts lernte sie die Macht der Medien kennen.

Im Politikresort etwa erkannte sie bald, wie Trends entstehen, wie die Redakteure Gefahr laufen, manipuliert zu werden oder selbst manipulieren. Welche Meldungen wählt man aus, welche lässt man weg? Wie ist die Grundtendenz des Blattes: Eher konservativ? Eher liberal?

Je nach Einstellung werden Geschichten geschrieben – als Report, Feature, Glosse oder Meinung. Es gibt keinen neutralen und objektiven Journalismus. Wunschdenken! Und die Presse kann durch Vorverurteilung Karrieren zerstören.

Im Lokalteil etwa hatte Conny mitbekommen, dass die tägliche Kolumne der Horoskope mit leichter Hand erstellt wurde. Keiner nahm das wirklich ernst, es wurde bewusst Unsinniges hineingeschrieben.

Sie traute ihren Augen nicht, als eine Lokalredakteurin ungeniert die das Wochenhoroskop aus einer Illustrierten am PC kopierte und die Tierkreiszeichen einfach vertauschte. Statt Zwilling wurde Schütze genommen, statt Stier Waage etcetera.

»Das können Sie doch nicht machen«, hatte Conny zu ihr gesagt.

»Doch, das ist sowieso Unsinn!«

»Dann verzichten Sie doch darauf!«

»Das können wir uns nicht leisten. Die Leser wollen es so!«

Na sauber, dachte Conny. Der Boulevard ist knallhart. Es wird vereinfacht, überzeichnet, getürkt. Die hohen Ideale wurden schön ramponiert durch die Wirklichkeit. Sie fand es überhaupt nicht cool, wie Skandale hochgejazzt und die Stammtische bedient wurden. Dennoch wollte sie diesen Berufsweg unbedingt gehen.

Nach dem Training gingen Julian und sie meist noch etwas trinken und unterhielten sich. Sie kamen sich näher und dann noch näher …

Kapitel 15

»In zwei Wochen ist es soweit«, sagte David und lehnte sich genüsslich in seinen Sessel. »Dann wirst Du in Nizza aufs Schiff gehen und zwar auf die Cory Red II ...«

»Das ging aber schnell«, meinte Thomas. Er saß in Davids Büro und betrachtete die tollen Aufnahmen, die überall herum hängen. »Wo ist die Cory-Red II?«

»Komm mit«. David ging ins Nebenzimmer und zeigt ihm das Schiff als Modell.

»Das ist eher ein kleineres, deutsches Schiff mit 11 Decks und maximal 700 Gästen, mit der Reederei habe ich gesprochen. Die sind einverstanden, dass Du als Kreuzfahrt-Neuling erstmals mitmachst. Für Dich ist es also eine Art Studienreise um alle Dienstleistungen, Attraktionen und Höhepunkte einer Kreuzfahrt kennen zu lernen und zu testen.«

»Das mache ich sehr gerne!«

»Es ist eine Kurz-Reise. Es geht nach Rom, Barcelona, Marseille und zurück. Du sollst alles mitmachen – von der Küche über das Wellness-Angebot bis zum Unterhaltungsprogramm. Und natürlich alles notieren, war Dir als Erst-Kreuzfahrer so auffällt. Nur der Kapitän ist über Deine Testerfunktion informiert.«

Thomas hatte verstanden. Er stellte für sich ein Tableau zusammen, auf dem er alle wichtige Beurteilungs-Objekte aufführte – also Kabinen-Ausstattung, Freundlichkeit des Personals, Unterhaltungsprogramm und so weiter. Diese Eckpfeiler wollte er mit einem Punktesystem bewerten: 20 Punkte für hervorragende Leistungen bis Null Punkte für blanke Enttäuschung.

Dann war es soweit. Thomas flog nach Nizza, wurde dort mit den anderen Kreuzfahrern mit dem Bus abgeholt und an Bord gebracht. Positiv überaschte ihn gleich die Professionalität der Besatzung und die Freundlichkeit des Personals. Das fing schon an bei Rona, dem Zimmerbetreuer aus Java und endete bei dem Kapitän, der ihn schon am ersten Tag auf die Brücke bat.

Gleiches galt für die Gastronomie. Die Vielfalt des Buffets und die Offerten im eleganten A-la-carte Restaurant waren erste Sahne. Zuerst hatte Thomas natürlich seine Balkonkabine ins Visier genommen. Größe, Ausstattung, Stauraum, Hygiene etc. Er war die Enge nicht gewohnt. Dann testete er draußen die diversen Anlagen zur Unterhaltung. Der Swimmingpool kam ihm zu klein vor. Das war mehr eine größere Badewanne für die zahlreichen Kinder, die herumtobten.

Negativ beurteilte er die Ausflüge. Sie waren überteuert und grenzten an Abzocke. In Barcelona stand die Stadtrundfahrt auf dem Programm. Die Sagrada Família, das unvollendete Meisterwerk Gaudis, hätte er gerne intensiver angeschaut. Die Touristen wurden im Eiltempo durchgeschleust. Thomas erkundigte sich über die Taxipreise und stellte fest, damit wäre er billiger davon gekommen und hätte mehr gesehen.

Die anderen Programmpunkte auf dem Schiff waren alle ok. Gut, manche Serviceangebote hatten happige Preise. Thomas bemühte sich, alle wichtigen Offerten objektiv zu beurteilen.

Zum Schluss musste er noch die Gäste bewerten. Für die kann aber das Schiff nichts dafür, dachte er. Aber die meisten waren unkompliziert bis auf den Reisefanatiker, der ihn beim Abendessen mit seinen Reiseerlebnissen nervte.

»Letztes Jahr war ich auf den Falklandinseln«, erzählte Diebold aus Essen. »Dann wollten wir ums Kap Horn, aber da waren zehn Meter hohe Wellen ...«

Thomas wollte mit seiner Nachbarin ein Gespräch anfangen, hatte aber keine Chance, weil Frau Diebold eifrig das Schlingern des Schiffes vor Kap Horn erläuterte. Die Diebolds gingen allen aufs Gemüt, da nur von den Erlebnissen früherer Kreuzfahrten gesprochen wurde. Schließlich hatten sei den Spitznamen, die »Horndiebolds«.

Thomas setzte sich bei den Essenszeiten bewusst an einen 8er Tisch, um möglichst viele Gäste beobachten und fragen zu können. Da es freie Tischwahl gab, machte er mit immer neuen Kreuzfahrern Bekanntschaft.

Zum Beispiel mit einem Ehepaar, das sein Essen runter schlang, auf den Nachtisch verzichtete und sofort wieder aufbrach.

Aber die Diebolds wussten natürlich warum: »Die rennen jetzt ins Casino und zocken die ganze Nacht.« In der Tat sah Thomas später die beiden am Roulett-Tisch. Am letzten

Tag saßen die Zocker aschfahl vor ihrem Essen. Sie hatte das ganze Geld verspielt.

Thomas musste an seine Tochter Mia denken. Die musste jede Folge des Traumschiffes sehen. Ihn langweilte die Serie eigentlich, guckte aber zu. Die konstruierten Erlebnisse, teilweise an den Haaren herbei gezogen, amüsierten ihn zwar, interessierten ihn aber nicht.

Doch die Unterhaltungen mit den verschiedenen Gästen waren stets von hohem Interesse. Jeder hatte doch sein eigenes Schicksal zu erzählen. Viktor Schröder etwa, der mit dem gleichen Schiff vor Jahren eine Reise rund um die Welt gemacht hatte. Thomas konnte das kaum glauben. Vor allem als Schröder ihm sagte:

»Ich bin am Ende ein anderer Mensch geworden!«

Dann lernte er zwei Russinnen kennen. Die eine, Tamara soundso, arbeitete in der russischen Botschaft in Berlin. Unvermeidlich kam das Gespräch auf Putin. Tamara wiederholte die allgemeinen Pro-Putin-Ansichten. Die Nato sei immer näher an Russland herangerückt, obwohl seinerzeit versprochen wurde, keine Ausweitung des Nato-Gebietes vorzunehmen. Die Krim sei urrussisches Gebiet und die Ukraine wolle keinen Frieden. So ging es in einem fort. Andere Meinungen am Tisch wollte sie nicht hören ...

Am Tisch saß noch ein schwäbisches Ehepaar, das – klischeehaft – übers Eigenheim berichtete. Eigentlich lerne ich den Querschnitt der Bevölkerung kennen, sagte Thomas zu sich. Die Deutschen waren natürlich in der Überzahl.

Es gab aber auch ernste und nachdenkliche Gespräche. Manche Gäste schienen Thomas recht oberflächlich zu sein, es gab aber auch andere mit Tiefgang. Ein Ingenieur aus dem Rheinland meinte an der Bar: »Wenn ich sehe, dass im Mittelmeer hunderte oder tausende Flüchtlinge ertrunken sind, macht mir die Kreuzfahrt keine Freude!«

An der Bar verstummten plötzlich die Gespräche und auch das laute Lachen. Man diskutierte mit Ernst und Leidenschaft das Thema. Und war gleich mitten drin im Politisieren – von Merkel bis zur AfD, vom Deal mit den Türken und von Bush, der den IS erst ermöglicht hätte. Die Stimmen wurden wieder lauter, es bildeten sich zwei Lager.

Im kleineren Lager gab ein übergewichtiger Kreuzfahrer den Ton an. Er sah in den Flüchtlingen nur Menschen, die ins deutsche Sozialsystem einwandern wollten. Mit zunehmendem Alkoholpegel wurde er immer aggressiver und grölte dann rechte Sprüche. Er gab sich als Pegida-Marschierer zu erkennen.

Zwei Barbesucher des größeren Lagers knöpften sich den Lautsprecher vor. Es wurde immer lauter. Die anderen Gäste blickten missmutig zur Theke und zischten. Als es drohte, handgreiflich zu werden, holte der Barkeeper Verstärkung. Thomas reichte es inzwischen und ging in seine Kabine.

Die zweite Station war Rom. Er blieb aber auf dem Schiff. In der ewigen Stadt war er schon mehrmals. Er zog es vor, die andern Einrichtungen auf dem Schiff zu testen. Zum Beispiel den Mehrwasser-Pool in der Mitte des Schiffes. Dort fiel ihm ein Schwimmer auf, der unentwegt hin und her kraulte.

»Der macht das seit einer Stunde so, der hat sie doch nicht alle«, sagte sein Nachbar, den er flüchtig von der Bar kannte. Thomas setzte sich auf einen Stuhl und sonnte sich. Endlich beendete der Schwimmer sein Pensum und stieg aus dem Becken.

»Sie müssen doch jetzt ko sein«, meinte Thomas freundlich. Sie kamen ins Gespräch. Der Schwimmer, ein Kölner, groß mit extrem sportlicher Figur, machte keinen müden oder erschöpften Eindruck. Mit offenem Mund hörte Thomas zu, was der Mann erzählte. Er war Triathlet – und schon mal beim Ironman auf Hawaii dabei gewesen.

Thomas war fasziniert vom Thema: 3,8 km Schwimmen im offenen Meer, 180 km Radfahren, dann Marathon mit 42,2 km. »Es ist der älteste Triathlon, es gibt ihn seit 1982«, sagte der Hüne. Er erzählte viele Details dieser Sportart und erklärte Thomas, warum gerade die Deutschen dominieren. »Wir Deutschen sind weltweit führend in Sachen sportwissenschaftliches Training und Leistungsdiagnostik.« Gefragt seien Disziplin, Fleiß und Zuverlässigkeit – die deutschen Tugenden eben.

In Marseille stieg er aus und machte eine Busfahrt mit. Der Ironman mit seiner Frau war ebenfalls dabei. Und auch die beiden Russinnen. Die Organisation war perfekt, da konnte er nichts bekritteln, außer dem Preis.

Am nächsten Morgen sollten sie um 9 Uhr wieder in Nizza sein. Es hätte insgesamt eine wunderbare Reise sein können, wäre das furchtbare Ereignis nicht gewesen, das ihm bevor stand.

Kapitel 16

Nach dem Abendessen und einem Drink mit den Tischnachbarn in der Alten Scheune wollte Thomas den Abend mit einem Schiffsrundgang draußen abschließen. Es war schon sehr spät. Er schlenderte vom Bug zum Heck und wieder zurück, betrachtete die leicht gekräuselten Wellen, die er im Mondlicht sehen konnte.

Es war eine seltsame Stimmung. Kein Mensch zu sehen. Das Schiff fuhr total ruhig. Keinerlei Schwankungen, nichts. Er machte noch einen Rundgang. Da sah er hinten am Heck eine Gestalt an der Reeling. Die war ihm vorhin nicht aufgefallen beim ersten Rundgang. Wahrscheinlich ein Raucher, dachte er. Der Mann sah geradewegs aufs Wasser.

Thomas wollte unbemerkt vorbeigehen, da stockte er. Das Gesicht kam ihm bekannt vor. Der Mann drehte sich etwas zur Seite, warf seine Zigarette ins Meer. Thomas Knie zitterten. Das kann nicht sein. Das darf nicht sein.

Es war Führmann. Der Detektiv hatte doch behauptet, Führmann treibe sich auch auf

Kreuzfahrtschiffen herum. Thomas erstarrte. In diesem Augenblick drehte sich Führmann herum und erkannte Thomas:

»Welche Überraschung, der Herr Coller! Was tun Sie hier, ich denke Sie sind pleite!«

Thomas kam näher. Es hatte ihm die Stimme verschlagen. Eine Alkohol-Fahne wehte ihm entgegen.

»Können Sie sich diese Reise überhaupt noch leisten, Sie Bankrotteur? Sie sind doch der letzte Gauner, der hier herumläuft.«

Führmann wurde immer ordinärer. »Du Wichser, Dir werde ich es zeigen, was es heißt ...«

In diesem Augenblick bückte sich Thomas, griff sich Führmanns Beine, hob den Körper über die Reling. Der wehrte sich, rief »Was soll dieser Unsinn?« Thomas war außer sich, stöhnte laut auf während er den Körper mit aller Kraft über Bord warf. Führmann gab einen kurzen Schrei von sich, dann fiel er lautlos 9 Decks tiefer ins Meer. Nach wenigen Sekunden war das Aufplatschen kaum zu hören.

Kreidebleich schaute Thoman sich um, ob ihn jemand gesehen hatte. Es war eine Reflexhandlung. Ja, er konnte nichts dafür. Es passierte einfach. Benommen fuhr er sich über die Stirn. Was mache ich? Soll ich ›Mann über Bord‹ schreien?

Es war zu spät. Thomas blickte in die mondhelle Nacht. Er war allein. Er stolperte, fiel fast hin, umrundete das halbe Schiff, um den Eingang zu erreichen, der in der Nähe seiner Kabine war. Mit zittrigen Händen schob er die Karte ins Schloss. Da meinte er seitlich eine Bewegung und einen Schatten zu erkennen. Ich bin zu aufgeregt, sagte er sich, ich sehe Gespenster. Da ist nichts.

An Schlaf war nicht zu denken. Die halbe Nacht lag er wach und überlegte verschiedene Alternativen. Sollte er sich stellen und die ganze Sache als Unfall hinstellen? Das würde keiner glauben; dann hätte er sich sofort melden müssen. Die Wahrheit sagen? Wahrheit bedeutete Gefängnis!

Um 3 Uhr in der Frühe hatte Thomas eine Entscheidung getroffen: Nämlich nichts zu tun. Er ging das Risiko ein. Niemand hatte ihn erkannt. Führmann, der ihn ruiniert hatte, musste dran glauben. Sein Pech. Er hatte provoziert und Thomas zur einer Kurzschlusshandlung gezwungen. In aller Frühe ging sein Flug. Ehe die Crew merkte, was los war, würde er schon im Flieger sitzen.

Um 6 Uhr klingelte schon sein Wecker. Den Koffer hatte er in der Nacht schon vor die Tür gestellt. Als von seinem kurzen Frühstück zurückkam stieß er fast mit seinem Zimmerboy zusammen. Der radebrechte:

»Mistel Collel, you should come to Captain bevol you go to the alpolt ..."

Thomas erschrak. Wussten die schon Bescheid? Aber der Kapitän wollte sich nur verabschieden, fragte ihn nach seinen Erfahrungen. Sie unterhielten sich kurz, dann ging Thomas vom Schiff, stieg in den Bus und fuhr zum Airport Nizza.

Während des Fluge rekapitulierte er: Die Crew würde die Sachen und den Koffer von Führmann finden. Im Rückschluss konnte das nur heißen, dass der über Bord ging. Freiwillig oder hat jemand geholfen? Die französische Polizei wird informiert, die leitet das weiter an die deutschen Kollegen.

Die dürfte als Erstes die Passagierliste vergleichen und feststellen, dass Führmann und Coller einst Prozessgegner waren. Also könnte ein Fahnder bald auftauchen. Und so war es. Schon nach zwei Tagen klingelte es an der Haustür.

Thomas war zufällig alleine zu Hause. Der Ermittler, in Zivil, ging gleich zur Sache:

»Herr Coller, ein Peter Führmann ist auf dem Kreuzfahrtschiff Red II über Bord gegangen und ertrunken. Ein Fischer hat ihn gefunden. Die französischen Kollegen haben festgestellt, dass auch Sie auf dem Schiff waren. Und wir haben festgestellt, Sie hatten mit dem Toten vor kurzem eine Auseinandersetzung. Wie erklären Sie sich das?«

»Ich war nicht freiwillig auf dem Schiff«, sagte er, »sondern wurde als Tester von der Reederei dahin geschickt; von Herrn Führmann wusste ich nichts, habe ihn auch nie gesehen …«

Es ging hin und her, Fragen und Antworten. Thomas versuchte, gleichgültig zu wirken. Schließlich ließ der Fahnder seine Visitenkarte da und verließ das Haus. »Die haben nichts in der Hand«, sagte sich Thomas. Und er sollte tatsächlich nichts mehr von der Polizei hören …

David Kohlmauer war über den Erlebnis-Bericht von Thomas sehr angetan:

»Das ist eine sehr gute Beurteilung; sie scheint mir ausgewogen und objektiv. Auch ich habe die Reederei immer darauf hingewiesen, dass die Ausflüge überteuert sind und auch den Mini-Pool habe ich moniert. Ich leite den Bericht noch heute weiter.«

»Aber sag mal«, fuhr David, »da ist einer in der letzten Nacht über Bord gegangen, weißt Du was davon?«

»Nein, das höre ich zum ersten Mal«, log Thomas. Jetzt waren seine schauspielerischen Möglichkeiten gefragt und er versuchte sofort, David auf ein anderes Gleis zu schieben.

»Die Rettungsübungen, David, sind zu lasch. Das ist mir gleich aufgefallen. Keiner schaut nach, ob alle da sind. Es war ein wildes Durcheinander. Die Durchsagen der Helfer waren trotz Megaphon unverständlich. Das muss dringend verbessert werden.«

»Ja, richtig, das steht ja auch in Deiner Analyse!«

Um David ganz von der Kreuzfahrt abzulenken, fragte Thomas:

»Hör mal, was ist denn aus der Sache Karin mit dem Geld geworden?«

»Wir haben einen Detektiv eingeschaltet, aber der hat nichts ermitteln können. Rein gar nichts!«

»Das gibt es doch nicht«, warf Thomas ein.

»Doch das ist so, das Geld schmort irgendwo in der Karibik und bringt immer mehr Zinsen ...Aber wir finden es nicht ...«

Die beiden verabschiedeten sich.

»Du hörst bald wieder von mir, ich habe schon eine Idee ...«, sagte David.

Zuhause beim Abendessen meinte Julian plötzlich.

»Die Conny hat mir erzählt, sie haben in der Redaktion eine Meldung gekriegt, bei Deinem Schiff sei ein Mann über Bord gegangen. Was war da?«

Thomas zuckte zusammen. Seine Familie sollte um keinen Preis der Welt die Wahrheit erfahren. Deshalb sagte er leichthin:

»Das ist in der letzten Nacht passiert; angeblich soll der betrunken über die Reling gestürzt sein ...«

»Die Presse will da nachbohren, hat mir Conny gesagt«, meinte Julian und nahm ein Schluck Kaffee.

Um Gottes Willen, durchfuhr es Thomas. Wann endlich hört die Geschichte auf?

Sie hörte nicht auf. Die Leiche Führmann wurde nach München überführt. Die Obduktion ergab, dass dieser eine Menge Alkohol intus hatte. Deshalb legte das Boulevardblatt, bei dem Conny arbeitete, mit einem knalligen Slogan nach:

Betrunkener Kreuzfahrer aus München ging über Bord

Jetzt wiederum hatte Thomas Glück. Die Kripo hatte in ihrer täglichen Pressemeldung diese Version von sich gegeben. Hoffentlich bleibt es dabei, sagte sich Thomas. Und es blieb dabei …

Kapitel 17

In der Zwischenzeit hatte Mia ein denkwürdiges Erlebnis. Als sie eines Tages zum Einkaufen ging, sah sie an der Ecke ein bekanntes Gesicht. Es war Katja aus der Guru-Gruppe von damals. Sie sprach sie sofort an. Und sofort kamen bei Katja die Tränen. Irgendwas musste passiert sein.

»Gehen wir in ein Cafe«, sagte Mia, »und Du erzählst mir, was los ist.«

Katja druckste herum, wollte nicht sprechen.

»Ist was mit dem Guru? fragte Mia.

Katja nickte. Und wieder kamen Tränen.

»Katja, ich bin ausgestiegen, weil da was faul ist mit dem ganzen Esoterik-Zeug!«

Katja nickte wiederum. Langsam und stockend begann sie zu erzählen.

»Nach unserer Sitzung sollte ich noch dableiben. Der Guru bat mich ins Nebenzimmer. Dort brannten unzählige Kerzen. Er zündete noch irgendwas an und sprach dann:

›Katja, wir müssen dem Gott Wischnu ein

Opfer bringen. Aber Du musst rein sein und alle Kleider ablegen …'«

Mia ahnte schon wie es weiter gehen würde. Diese jungen Dinger sind aber auch blöd und naiv zugleich, dachte sie. Tatsächlich zog sich Katja aus und gehorchte blind. Dann schwenkte der Guru eine Art Weihrauchkessel vor Katjas Nase hin und her, bis sie halb ohnmächtig wurde.

»Als ich dann wieder zu mir kam«, schluchzte Katja, merkte ich, dass er mich missbraucht hatte!«

»So das langt«, schrie Mia und die Cafegäste hoben die Köpfe. Etwas leiser sagte sie:

»Katja, wir müssen dem das Handwerk legen.«

Sofort rief sie Hans Wellner an, der ja auch mal in diesem Klüngel war. Hans kam gleich und alle drei machten sich auf den Weg zum Guru. Als sie das Haus erreicht hatten, weigerte sich Katja mitzukommen. Die Erinnerung stieg wieder hoch. Mia bat Hans draußen zu warten und auf Katja aufzupassen.

Dann klingelte sie. Der Guru machte nach einer Weile auf. Katja legte ihm die Hand auf die Brust und schob ihn herein, schloss dann die Tür.

»Wir zeigen Dich an, Du Drecksack, Du hast Katja missbraucht.«

»Meine Tochter, mäßige Dich, der Gott Wischnu …«

Sie konnte das Gefasel nicht mehr hören. Mia zog ihn kräftig am langen Baghwan-Bart, so dass er vornüber fiel. Er taumelte, da versetzte sie ihm noch ein Tritt zwischen die Beine. Der Guru schrie auf, sank auf das verschlissene Sofa.

Dann durchsuchte sie seine Wohnung. In einem kleinen Tischchen fand sie kompromittierende Fotos. Sie nahm die an sich. Als der Guru sich aufrappelte und versuchte sie daran zu hintern, versetzte sie ihm einen blitzschnellen Handballenschlag auf die Stirn. Das war eine Variante des Handkantenschlags ihrer Meisterin. Der Sekten-Prediger drehte sich um die eigene Achse, glotzte ziemlich blöd drein und fiel wieder wie vorher auf das Sofa.

Mia hatte jetzt genug Beweise, um diesem Spuk ein Ende zu bereiten.

»Dich bringen wir hinter Gitter. Jetzt gehen wir zur Polizei!«

Mia war so außer sich vor Wut, dass sie ihn am liebsten noch weiter malträtieren wollte. Sie konnte sich gerade noch beherrschen.

Sie stürmte hinaus. Hans und Katja hatten den Aufschrei des Sekten-Predigers gehört. Hans fragte besorgt:

»Hast Du den umgebracht. Was war das für ein Krach?«

»Ich habe dem paar gescheuert, aber nicht verletzt. Was ich gern tun würde ...«

Sie fuhren mit dem Bus ins Polizeipräsidium. Dort angekommen, machten sie die Anzeige. Der aufnehmende Beamte bestand aber darauf, Katjas Eltern einzuschalten.

Am nächsten Tag wurde der Guru verhaftet. Conny telefonierte gleich mit Mia, als sie die tägliche Presseinfo vom Polizeipräsidium erhielt. Mia meinte:

»Hör mal, Conny, wenn Du die Sache dominant bringen kannst, dann tu es bitte. Wir müssen die jungen Mädels von diesem Esoterik-Scheiß der Gurus und Baghwans abbringen ...«

Conny sagte zu. Sie war allerdings erst Volontärin und hatte noch nicht den richtigen Einfluss. Sie bearbeitete den Lokalredakteur aber so lange, bis der die Sache richtig aufblies. Auf der ersten Seite prangte die Schlagzeile im knalligem Rot:

Guru missbraucht seine Schülerin

Im Fließtext wurde mit Genuss die Einzelheiten ausgeschmückt und boulevardgemäß aufgemotzt. Das gefiel Mia zwar nicht so sehr. Aber in diesem Fall heiligt der Zweck die Mittel. Auch der Mut der beiden Sekten-Aussteiger wurde groß gewürdigt.

Das Leserecho auf die groß aufgemachte Veröffentlichung war enorm. Das Blatt brachte nun eine ganze Serie über die Gefahren der Pseudo-Sekten, die es vor allem auf Jugendliche abgesehen hatten. An der »Guru-Reihe« durfte Conny mitarbeiten. Es war eine Aufgabe, die sie voll und ganz erfüllte.

Kapitel 18

Die nächste Kreuzfahrt stand an. David erzählte von der guten Reaktion des ersten Berichts:

»Die waren sehr angetan. Die nächste Reise geht nach Malaga, Casablanca, die Kanaren und zurück. Es gibt noch eine Draufgabe. Du kannst Deine Familie mitnehmen. Du hast noch eine zweite Balkonkabine zur Verfügung.«

»Das ist toll. Danke.«

Es war gerade Schulferien und Julian war begeistert mitzumachen. Mia konnte aus irgendwelchen Gründen nicht, so bat Julian seinen Vater Conny mitzunehmen. Conny war inzwischen seine feste Freundin geworden und ging auch bei den Collers ein und aus.

Thomas erweiterte sein Beurteilungstableau um weitere Merkmale und bat seine Begleitung, aufzupassen und mit zu testen. Das machte allen einen Heidenspaß.

Die erste Station mit der Cory Red IV war Granada mit der weltberühmten Alhambra.

Alle vier machten die Gruppenreise per Bus mit. Sie staunten über den geschichtsträchtigen Ort: die Festungs-Anlage, die Medina, die Paläste der Naṣriden und die Zitadelle.

Dann wurde Casablanca angesteuert. Hier wollte Thomas mal nur mit Familie, also ohne Reisegruppe, die Stadt anschauen. Thomas wusste natürlich, dass sein Lieblingsfilm Casablanca nicht hier, sondern in Hollywood gedreht wurde.

Sie besuchten die Highlights der Stadt, so etwa die Hassan-II.-Moschee, die Hauptsehenswürdigkeit. Das Minarett der 1993 fertiggestellten Moschee ist mit 210 Metern Höhe das höchste Minarett und das höchste religiöse Bauwerk.

Später spazierten die vier in die Medina, die Altstadt. Der Kapitän hatte noch gewarnt, dass das für Touristen nicht problemlos wäre. Je tiefer man in die Medina eindringt, desto quirliger, lebendiger und ursprünglicher wird es. Die Collers machten diese Route, achteten in all dem Trubel nicht darauf, dass es schon dunkel wurde.

Die Gassen wurden immer enger, immer verwirrender. Reste von Fisch und Obst vergammelte an den Rinnsteigen. Es stank nach Verfaultem. Sie waren von der Touristenroute abgekommen.

Und da passierte es. Plötzlich waren die Collers von vier finsteren Gestalten umringt. Einer hatte eine Pistole, ein anderer ein Messer.

»Give me your money, give me all«, rief der Pistolen-Typ.

«Toute de suite, allez!« röhrte der andere.

Julian und Conny hatten diese Szene im Club schon mehrfach geübt. Es galt zuerst, den Gegner in Sicherheit zu wiegen. Conny machte daher ganz auf ängstlich und rief:

»Don't shoot, don't shoot!«

Julian stellte sich vor seine Eltern und machte mit zittrigen Händen eine abwehrende Geste:

»What do you want?«

Gleichzeitig bewegten sich Conny und Julian auf die vier Männer zu. Nach einem kurzen, unmerklichen Nicken von Julian, kam der blitzartige Angriff.

Mit einem Schrei gab Conny dem Messermann einen Tritt in die Achselhöhle. Gleichzeitig hatte Julian dem Pistolenmann seine Waffe mit einem Handkantenschlag von oben nach unten weggeschlagen. Dann folgten die x-fach eingeübten Schläge mit den Händen und Füßen.

Das Ganze ging so schnell, dass Tina und Thomas nur fassungslos zuschauen konnten, wie die beiden die vier Angreifer erledigten. Conny kramte eilig ihr Smartphone aus der Tasche und fotografierte die am Boden liegenden Männer und eilte den anderen nach. Es war allerdings schwierig aus dem Gassengewirr heraus zu finden, was aber erst nach mehreren Anläufen gelang.

»Ich habe die Story des Monats«, jubelte Conny als sie am Schiff ankamen. Die angehende Journalistin malte sich schon den Dreispalter mit Foto auf der bunten Seite ihres Blattes aus. Der Chef würde staunen.

»Unser hartes, monatelanges Training hat sich bezahlt gemacht«, meinte Julian zufrieden.

Dann ging es in Richtung Kanaren. Thomas hatte dem Kapitän von dem Überfall erzählt. Der wiederum sagte nur:

»Ich hatte Sie gewarnt. Wir müssen noch intensiver unsere Gäste von derartigen Alleingänge abhalten.«

Thomas versammelte seine Familie:

»Jetzt gibt es Arbeitsteilung: Tina, Du kümmerst Dich bitte um die Wellnessangebote – Julian um alles, was mit Sport zusammenhängt. Conny könnte die Offerten der verschiedenen Shops testen.«

Auch bei den Ausflügen auf den Kanaren teilten sie sich auf. Tina schloss sich auf Gran Canaria einer Reisegruppe an, die die Höhlen der Ureinwohner besuchten. Thomas machte eine Inselrundfahrt mit, Julian ging auf Bootstour, Delphine gucken und Conny testete die Bikergruppe.

Abends wurde die Erfahrungen ins Tableau von Thomas eingetragen – die positiven und negativen Erlebnisse. Die gleiche Arbeitsteilung galt auch für die Besuche auf Teneriffa und Fuerteventura.

Tina war restlos begeistert:

»Urlaub machen und dafür bezahlt werden – das ist das Höchste!«

Aber sie stellte auch fest, dass es nicht nur Urlaub war. Es mussten so viele Dinge getestet werden: Buffet- und A-la-carte-Restaurants, Bars, Spa-Pakete, Schönheits- und Friseursalons, Entertainment, Animation,

Kabinenausstattung, Ausflugsprogramme, Rezeption, Personalservice, Kommunikation, Preis-Leistungs-Vergleich und und und ...

Interessant war auch die Begegnung mit einzelnen Gästen. So lernte Thomas in der Steuerbord-Bar einen Typen kennen, der auf der Flucht vor seinen Gläubigern war. Erst nach vielen Bieren, als der ehemalige Broker, seine Contenance verlor, kamen die Details. Seine Lebensgeschichte war unglaublich.

Er hatte seinerzeit Lehman-Zertifikate im großen Stil und im guten Glauben verkauft. Die betuchten Kunden verloren Hunderttausende. Er wurde so bedrängt, sogar mit Morddrohungen, dass er mit seiner Frau flüchtete. Aber immer trieb man ihn auf.

So kam er auf die Idee, alles hinter sich zu lassen und nur auf Kreuzfahrten zu machen. Er buchte jeweils die billigste Innenkabine. Er hatte weder Auto, noch Bankkonto oder Kreditkarte, noch Handy oder Computer ... Aber er kannte schon die halbe Welt. Thomas war es ein Rätsel, wie all das funktionieren sollte.

Dauerkreuzfahrer war auch ein Rentner-Ehepaar aus Bochum. Sie fuhren immer mit der gleichen Linie. Die angesammelten Rabatte waren inzwischen so hoch, dass sie hier billiger wegkamen als im Altersheim. Stolz berichteten sie von der 28. Kreuzfahrt, die sie gerade unternahmen. Sie gehörten praktisch zum Inventar.

Ein anderer Reisender sammelte Länder. War schon überall. Und machte jetzt mal richtigen Urlaub. Er erzählte von seinen Planungen, Nordkorea, den Nordsudan und die Osterinseln zu bereisen. Mit der Zeit langweilte er aber seine Gäste, da er außer Reisen kein anderes Thema auf der Pfanne hatte.

Thomas hatte noch eine Aufgabe. David hatte ihn gebeten, sich über die einzelnen Sicherheitskonzepte zu informieren. Er bat um ein Gespräch mit dem Kreuzfahrtdirektor. Dieser gab sich aber sehr reserviert. Er versuchte mit allgemeinen Phrasen, Thomas zu beruhigen. Man habe vorgesorgt, falls irgendwas passieren sollte. Aber mehr war aus ihm nicht herauszubringen.

Der Zufall half dann. An der Bar traf er einen Security-Offiziellen wieder, mit dem er schon öfters geplaudert hatte. Thomas versuchte sensibel, das Gespräch auf das eigentliche Security-Thema zu bringen. Er hatte das Gefühl, der weiß alles, darf aber nichts sagen. Doch nach einigen Gläsern bekam er Fakten. »Wir haben überall Kameras installiert«, plauderte sein Gegenüber, »ich habe gehört – aber das ist vertraulich – dass wir defensive Waffen bekommen sollen!«

Jetzt war Thomas hellwach: »Was sind das für Waffen?«

»Zum Beispiel eine Schallkanone. Ähnlich wie riesige Scheinwerfer sollen die verdächtige Boote auf Distanz halten!«

Dann erzählte der Security-Mann, dass Spezialkommandos und die Elitetruppe GSG 9 in bestimmten Häfen regelmäßig an Kreuzfahrt- und Fährschiffen trainierten. Plötzlich stoppte der Mann seinen Erzählfluss. Er hatte sich wohl unter Alkoholeinfluss vergaloppiert. Es war ihm sichtlich peinlich.

»Von mir haben Sie nichts erfahren«, sagte er leise und ging abrupt vom Hocker, grüßte kurz und verschwand.

Als sie wieder zurück waren, machte sich Conny daran, ihre Reiserlebnisse in ihrer Zeitung unterzubringen. Es klappte auch. Highlight ihrer Story blieb natürlich der Überfall in Casablanca mit dem Foto der niedergestreckten Angreifer.

Ihr Karate-Club nahm natürlich die Gelegenheit wahr, um damit zu neue Mitglieder zu werben. In einem Werbeflyer wurde Conny groß abgebildet. Auf dem Titel die reißerische Schlagzeile: »Die Karatequeen von Casablanca«.

Kapitel 19

Jetzt ging es Schlag auf Schlag: Nächstes Ziel war Südafrika und Namibia. Nach einem langen Nachtflug kamen Tina und Thomas in Kapstadt an. Diesmal alleine. Das Schiff der Cory Red-Linie sollte am Nachmittag auslaufen.

Aufgrund der hohen Wellen untersagte die Hafen-Kommandatur eine Weiterfahrt. Erst in der Nacht ging es los. Zuerst Richtung Namibia: Ein Land voller Kontraste und Gegensätze. Obwohl doppelt so groß wie die Deutschland hat das Land aber nur 2,2 Millionen Einwohnern – das ist die geringste Bevölkerungsdichte auf der Welt.

Vor allem in Swapokmund ist der »kaiserliche Charme« noch zu spüren.

Das Stadtbild ist geprägt von liebevoll restaurierten Häusern aus der Kaiserzeit – meist im wilhelminischen Stil erbaut, mit starken Tendenzen zum Jugendstil. Es gibt deutsche Bäckereien, deutsche Gasthäuser – vieles erinnert an die Vergangenheit.

Tina und Thomas bummelten einmal um

die Mittagszeit durch die Gassen. Da kam ihnen ein groß gewachsener Schwarzer entgegen, der lächelte und nur ein Wort sagte: »Mahlzeit!«. Auch in Lüderitz war die deutsche Geschichte überall präsent. So zum Beispiel im Goerkehaus – das Wohnhaus des Leutnants der deutschen Schutztruppe.

Natürlich durfte ein Ausflug in die Wüste nicht fehlen. Beiden fiel auf, dass die Ausflüge perfekt organisiert und fachkundig geführt wurden. Dafür gab es hohe Punktzahlen. Allerdings waren die Preise auch nicht von schlechten Eltern.

Der Pflicht-Ausflug zum Etosha-Park fand nicht statt, weil dafür der Krüger Nationalpark in Südafrika vorgesehen war. Das Schiff steuerte wieder Kapstadt an.

Diesmal beachteten Tina Thomas die Warnung des Kapitäns, die Innenstadt bei Nacht zu meiden. Sie machten getrennt jeder einen Ausflug mit – Tina auf den Tafelberg, Thomas ins Weinland. Abends ging es dann in die weltberühmte Waterfront.

Dann war Safari angesagt. Mit dem Flieger ging es zunächst nach Johannesburg. Dort wurden die Gäste von einem Buschpiloten abgeholt – Richtung Krüger Nationalpark. Sie wurden in einer edlen Lodge untergebracht.

Abendessen gab es unter freiem Himmel. Schon der Toilettengang war ein Erlebnis. Das WC lag etwas außerhalb. Tina wurde von einem Einheimischen mit Gewehr begleitet; der wartete vor dem Häuschen, um sie dann wieder an ihren Tisch zurück zu begleiten.

Sie erzählte dies verwundert dem deutschen Guide. Der sagte in vollem Ernst:

»Das ist eine wichtige Vorsichtsmaßnahme. Einmal ging ein Tourist ohne Begleitung dahin – er kam nie wieder zurück ...Ein Löwe ...«

Die anderen Gäste am Tisch lachten. Das glaubte niemand.

In aller Frühe brach man auf. Die Gäste wurden in verschiedene Safari-Jeeps aufgeteilt. Jeder Jeep nahm eine eigene Route. Gleich zu Beginn sahen Tina und Thomas eine große Elefantenherde, die den Weg in aller Seelenruhe kreuzten. Wenig später sahen sie eine riesige Büffelherde, die vom Norden von Botswana kam. Es waren mindestens 600 Tiere, schätzte der Ranger.

Auf dem vorderen linken Kotflügel war ein

kleiner Sitz angebracht. Dort saß der Tracker, der Fährtensucher. Immer dann, wenn der Tracker seinen Sitz verließ, wussten Tina und Thomas, jetzt gibt es wieder etwas zu sehen.

Mit einem Buschtelefon war der Ranger, der Fahrer, mit den anderen Ranger verbunden. Sie informierten sich gegenseitig, wo es was zu sehen gab. Nach einer Information gab der Fahrer plötzlich Gas und preschte wild ins Gehege. Mit Folgen.

Denn er verließ den kleinen Sandweg und holte sich einen Platten. Aus Sicherheitsgründen wechselte er den Reifen nicht mitten im Busch, sondern suchte eine kleine Lichtung. Alle mussten aussteigen. Der Jeep wurde aufgebockt, die Touristen fotografierten eifrig. Als das Auto wieder intakt war, hieß es aufsitzen.

In diesem Augenblick krachte es fürchterlich im Unterholz, ein riesiger Elefantenbulle mit weit abstehenden Ohren stürmte auf den Jeep zu. Der Führer schrie: »Lets go!« Als der Bulle kurz vor dem Jeep war, konnte der Ranger aufs Gas drücken. Der Wagen machte einen Satz nach vorne. In letzter Sekunde.

Als der Jeep den Bullen abgehängt hatte, meinte der Ranger trocken:

»It was not a real attack!«

Der deutsche Reiseführer ergänzte:

«Das sind alte Bullen, die von der Herde ausgestoßen wurden. Die mussten dem jüngeren Rivalen Platz machen. Eigentlich wollen die uns nur vertreiben, nicht umbringen.«

»Das sah aber anders aus«, rief ein ziemlich angeschlagener Gast von hinten.

Kurz vor Mittag kehrten alle Jeeps wieder in die Lodge zurück. Die Tiere verdrückten sich in der Mittagshitze. Es gab da nichts zu sehen.

Am späten Nachmittag km dann die zweite Ausfahrt. Diesmal wollten die Ranger Nashorn, Leoparden und Löwen zeigen. Es dauerte nicht lange und die Expedition hatte Erfolg. Zwei riesige Nashörner standen im Busch. Unbeweglich. Alle Zeit zum Knipsen.

Später sahen sie einen satten Leoparden auf einem großen Baum schlafend liegen. Er scherte sich nicht um die aufgeregten Touristen, die unter ihm um die Wette fotografierten.

Die größte Filmerin hieß Andrea Lange. Sie war aus dem Ruhrgebiet. Sie nervte zusehends die andern mit ihrem ständigen Gequassel. Während sie redete fotografierte und filmte sie unentwegt.

Als es dämmerte näherte sich der Jeep einer Löwenherde. Der Anblick war unglaublich. Der Ranger hielt an, stellte den Motor ab. Bei der Herde lagen zwei Löwen mit riesiger Mähne, vier oder fünf Löwinnen und einige Löwenkinder, die herum tollten.

Alle fotografierten, auch Tina und Thomas. Die Lange quasselte aber wieder, der Guide zischte: »Seien Sie doch ruhig«.

Aber die Frau stieg plötzlich aus und lief auf die Herde zu. Sie wollte näher ran, um die Aufnahmen ihres Lebens zu machen. Der Guide zischte:

»Zurück, sind Sie wahnsinnig!«

Und auch der Ranger rief leise:

»Go back, go back.«

Gleichzeitig griff er nach seinem Gewehr, das vorn auf der Ablage lag. In diesem Augenblick raste einer der beiden Löwen urplötzlich auf die Filmerin zu. Er sprang sie an, riss sie um und biss zweimal zu.

Das alles ging rasend schnell. Die geschockten Touristen im Jeep schrien. Gleichzeitig krachte ein Schuss. Der Ranger hatte auf den

Löwen gezielt und ihn auch getroffen. Aufgeschreckt durch den Schuss, lief die gesamte Löwenherde davon.

Vor ihnen lag die tote Frau und der erschossene Löwe. Die Ranger rief per Funk die anderen um Unterstützung an. Eine entsetzliche Stille trat ein.

Die Safari war damit beendet. Mit einer Katastrophe. Auf der Rückfahrt sagte keiner ein Wort. Es war niederschmetternd.

In Port Elisabeth gingen sie wieder aufs Schiff. Die Kreuzfahrt hatte ein bitteres Ende genommen. Ein Schock für alle. In der Nacht träumte Tina von riesigen Löwen, die immer wieder auf sie zusprangen. Sie wachte am Morgen schweißgebadet auf.

Kapitel 20

»Mensch Thomas, Ich traue mich kaum noch, Dir einen weiteren Testauftrag zugeben.« David klopfte mit seinem Bleistift auf den Schreibtisch und schüttelte den Kopf:

»Erst geht ein Betrunkener über Bord, dann wirst Du in Casablanca überfallen, dann die üble Geschichte mit dem Elefanten und dem Löwenangriff. Furchtbar!«

»Irgendwie ziehe ich das Pech an«, erwiderte Thomas. »Denk daran, wie man mir die Werbeagentur weggenommen hat. Ich weiß auch nicht, was das alles soll.«

»Kopf hoch, Du bist ja heil aus der Sache herausgekommen. Aber mit der Löwengeschichte – das gibt ein Nachspiel …«

»Inwiefern?«

»Der Ehemann, der nicht mitgefahren war, geht vor Gericht. Er wirft dem Ranger und dem Guide vor, sie hätten alles tun müssen, um zu verhindern, dass die Frau den Jeep verlässt. Gleichzeitig klagt er auch gegen den Veranstalter.«

»Der hat gut reden«, warf Thomas ein. »Die Frau war richtig hysterisch mit ihrem Foto-Tick. Sie stürzte einfach aus dem Auto und rannte auf die Herde zu. Dann kam der Löwenangriff. So schnell, dass keiner reagieren konnte.«

»Jedenfalls brauchen wir Dich vor Gericht als Zeugen.«

Wie auch immer. Er hatte keine andere Wahl als die nächste Kreuzfahrt anzusteuern. Diesmal hieß das Ziel die Karibik. Mittlerweile hatte Thomas seine Tester-Arbeit perfektioniert. Sein Beurteilungs-Schema funktionierte hervorragend und wurde auch vom Auftraggeber entsprechend gewürdigt.

Er nahm wieder Tina mit. Die beiden hatten sich gut mit ihrer Arbeitsteilung eingespielt. Nach langem Flug landeten sie auf St. Maarten. Vielen Luftfahrtfans ist der Princess Juliana **Airport** ein Begriff. Vor allem wegen der spektakulären Bilder, wenn die ankommenden Jets ganz tief über den angrenzenden Maho Beach fliegen.

Nicht wenige Touristen buchten die kleine Insel nur wegen diesem sensationellen Anflug. Die Maschinen fliegen nur paar Meter über den Köpfen der Badegäste hinweg. Während des Starts hängen sich trotz Warnschildern immer wieder Personen an den Zaun zwischen Strand und Piste und setzen sich so der Wucht der Flugzeugturbinen aus.

Das Cory-Schiff klapperte einige Karibikinseln ab. Außer fantastischen Stränden gab es indes wenig Interessantes zu sehen. Die touristisch aufgemotzten Orte wurden von Tausenden anderen Schiffs-Touristen regelrecht überrannt.

Ausnahme: Curacao. Die holländische Insel hat eine wunderschöne Stadt namens Willemstad. Teile der Stadt sind heute Weltkulturerbe und sind auf jeden Fall sehenswert. Die bunten Häuser allein sind schon ein Hingucker und die engen Gassen laden zum Bummeln und Shoppen ein.

Tina und Thomas beteiligten sich wieder an verschiedenen Ausflügen. Tina erkundete Willemstad, Thomas machte eine Schnorchel-Tour mit. Da er keine Tauchausbildung hatte, schloss er sich einer Gruppe an, die ein riesiges Meeresaquarium besuchen wollte.

Dort konnten Schnorchler Haie beobachten, die in einem riesigen Becken schwammen, das durch eine Glaswand im Meer abgetrennt war. Als Gag hatten sich die Besitzer etwas Besonderes ausgedacht. Man gab dem Schnorchler kleine Fische. Der tauchte zwei Meter unter Wasser und schob die kleinen Fische durch ein kleines Loch. Sofort kamen Hammerhaie und Riffhaie angeschwommen und schnappten sich den Köder.

Es war ungefährlich. Der Chef von der Anlage meinte nur:

»Wenn Sie den Fisch durch das Plexiglas-Loch schieben, dann lassen Sie ja die Finger draußen!«

Thomas machte den Spaß natürlich auch mit und ließ sich dabei fotografieren. Auf den Bildern konnte man die Glaswand nicht erkennen. Es sah so aus, als ob Thomas die Haie im offenen Meer fütterte. Mit Stolz zeigte er diese Fotos Tina. Die staunte nicht schlecht, konnte das aber nicht glauben. Nie im Leben wäre sie auf diesen Trick gekommen, als Thomas ihr später die Wahrheit sagte.

Eine zweite Ausnahme stellte zum Schluss Jamaika dar. Denn die Insel hatte mehr zu bieten als nur Sonne, Palmen und weiße Strände. Sonnenanbeter wie Kulturinteressierte kommen gleichermaßen auf ihre Kosten. Allerdings warnten die Fremdenführer vor der hohen Kriminalität in Touristenzentren.

Thomas und Tina verzichteten daher wohlweislich auf individuelle Ausflüge. Sie reisten diesmal nicht getrennt, sondern zusammen bei zwei Ausflügen. Nach einem interessanten Ausflug in Ocho Rios, machte der Bus kurz vor dem Hafen einen Fotostopp. Thomas stieg aus und machte paar Bilder.

Er sagte dem Busfahrer und dem Guide, dass er noch Geschenke einkaufen wollte und mit dem Taxi dann zum Schiff käme. Tina protestierte, gab dann nach und fuhr mit den anderen zum Hafen. Thomas wollte für die Kinder bestimmte Souvenirs kaufen, die er auch bekam.

Dann winkte er ein Taxi heran und stieg vorne ein:

»To the harbour please«.

Der Fahrer nickte, fuhr um einige Straßen und hielt dann an.

»Another Tourist«, sagte er und zeigte auf einen Mann im Touristenlook am Gehsteig. Der stieg hinten ein. Thomas wollte den Zugestiegenen gerade fragen, ob er auch zum Schiff wolle. Doch der wiederum zog plötzlich eine Pistole und drückte den Lauf auf den Hinterkopf von Thomas.

»Your Money! Your Handy«, knurrte der Typ.

Währenddessen beschleunigte der Taxifahrer sein Auto und raste Richtung Stadtrand. Thomas musste alles hergeben. Geldbörse, Handy, alles. Der angebliche Tourist wollte sogar seinen Hosengürtel und untersuchte ihn genau, ob es ein Geldgürtel wäre. Dann musste Thomas seine Schuhe ausziehen, der Gangster begutachtete noch die Absätze.

Das Taxi raste in eine parkähnliche Anlage, fuhr plötzlich langsam. Der Fahrer öffnete die Wagentür auf der Seite von Thomas und schrie:

»Get out now!«

Gleichzeitig gab er ihm einen kräftigen Stoß, so dass Thomas aus dem fahrenden Auto heraus fiel. Dann drückte der Räuber aufs Gaspedal und Thomas sah nur noch eine Staubwolke.

Als er wieder klar denken konnte, wusste er nicht, was zunächst zu tun war. Er lag da im

Dreck, ohne Gürtel, ohne Schuhe, ohne Geld, ohne Handy. Reisepass und Flugtickets hatte er wohlweislich im Kabinen-Safe. Es standen vereinzelte Häuser herum. Sonst nur Graslandschaft mit kleinen Sanddünen vermischt.

Es kam ihm seine Rede in den Sinn als er bei David war: »Ich ziehe das Pech an!«

Andererseits war er froh, dass er noch am Leben war. Aber wie aufs Schiff kommen? Keine Seele weit und breit. Er wusste nicht, wo er überhaupt war.

Nach einer Ewigkeit kam ein einsames Taxi. Er traute sich kaum zu winken. Der Fahrer hielt an. Thomas versuchte zu erklären, was passiert war. Er solle ihn zum Schiff fahren. Dort bekäme er seine Fahrt bezahlt plus gutes Trinkgeld.

Es war ein seriöser Fahrer. Thomas hatte sich schon auf das Schlimmste gefasst. Als sie vor dem Schiff zum Stehen kamen, stieg er aus und lief zur Rolltreppe. Die Kontrolleure vom Schiff kapierten sofort und telefonierten Tina an.

Als Tina ankam und ihren Ehemann in Socken sah und wie er die gürtellose Hose mit der Hand hielt, musste sie zuerst kräftig lachen. Das hörte aber gleich auf, als sie die Wahrheit erfuhr. Thomas sagte nur im resignierenden Tonfall:

»Ich mache keine Kreuzfahrt mehr! Ich habe die Nase endgültig voll«

Kapitel 21

Auf dem Rückflug diskutierten Tina und Thomas intensiv über die ganze Problematik. Tina merkte bald, ihr Gatte meinte es ernst. Er wollte nicht mehr.

»Ich bin ein Magnet für das Pech«, resignierte Thomas. »Alles geht schief. Ich muss mir etwas anderes überlegen!«

»Du musst mit David reden. Der kann einiges für Dich tun.«

»Karin holt uns ja vom Flugplatz ab«, sagte Thomas, »ich muss morgen ohnehin zu ihm zum Rapport!«

Nach einem über 10-stündigem Flug kamen sie morgens in München an. Am Ankunftsgate wartete schon Karin. Nach der Begrüßung fiel Tina als erste auf: Karin hatte rotgeränderte Augen. Es musste was passiert sein.

»Gehen wir zuerst zum Auto im Parkhaus.« Karin war fahrig und extrem nervös.

Auf der Autobahn Richtung München insistierte Tina weiter. Karin reichte aber nur wortlos einen Zettel nach hinten. Beide lasen:

Liebe Karin,

Ich muss für einige Zeit untertauchen. Wohin – das will und kann ich Dir nicht sagen. Irgendwann melde ich mich. Dann wirst Du den Grund erfahren. Gehe auf keinen Fall zur Polizei! Vertrau mir! Ich liebe Dich.

Dein David

PS: Bitte vernichte diesen Zettel sofort!!!

Die Collers wurden beide blass. Suchten nach Worten.

»Ich kann mir darauf keinen Reim machen. Das ist ja unglaublich!« Thomas wusste nicht, was er sagen sollte.

Zuhause redeten sie mit Karin stundenlang, entwickelten Theorien und Vermutungen. Vom Seitensprung bis zur Mafia-Entführung. Doch sie kamen alle zu keinem Ergebnis. Was war geschehen? Ein einziges Rätsel. Karin konnte nur angeben, dass auch sein Auto weg war.

Schon am nächsten Tag kam etwas Licht ins Dunkel. Der Reisekonzern hatte David bei der Polizei angezeigt. Der Vorwurf war schockierend. David hätte angeblich 1,4 Millionen Euro unterschlagen und sei von der Bildfläche verschwunden.

Mit einem Durchsuchungsbefehl tauchten die Fahnder auch bei Thomas auf. Als enger Vertrauter war er verdächtig. Die Beamten stellten das Haus auf den Kopf, fanden aber nichts Belastendes. Mit paar Akten und dem Computer zogen sie wieder ab.

Als weitere Fahndungsmaßnahme kämmten die Polizisten die Parkhäuser am Münchner Airport durch und stießen prompt auf Davids Wagen. Im Handschuhfach fanden sie Reiseprospekte von Uruguay und Paraguay. Aber seltsam: Auf keiner Flugliste fanden sie seinen Namen.

Auch in den nächsten Tagen kamen die Beamten nicht weiter. Es gab keine Spuren. Sie checkten auch die privaten Flugbetreiber. Mit null Erfolg. Es war wie verhext. Ergebnislos blieb auch der Detektiv der Versicherung des Reisekonzerns.

»David ist nicht kriminell«, sage Thomas immer wieder zu Karin. »Es muss einen bestimmten Grund gegeben haben, warum er geflüchtet ist.«

»Ja, aber welchen?«

»Er muss unter Druck gehandelt haben!«

Thomas war wieder ohne Job. Er musste

wohl wieder in der Werbebranche Fuß fassen. Tina hatte wieder einige Aufträge gekommen. Von der Reisefirma hatte er nichts zu erwarten.

An einem Wochenende stieg er am Marienplatz in die U-Bahn. Es war rush hour und die Bahn brechend voll. Thomas stand am Ausgang. Er blickte um sich. Ziemlich erschöpfte Gesichter rings herum. Die Jugendlichen in ihrer typischen Handy-Lesehaltung. Die Älteren schauten in die Zeitung.

Vorn am ersten Ausgang stand ein Mann, der Thomas an David erinnerte. Er wurde stutzig, drängte sich näher heran. Der Fremde sah irgendwie aus wie David, hatte aber einen Bart und trug eine große dunkle Brille.

Als die Bahn hielt, stieg dieser aus. Thomas überlegte sich, ihm zu folgen. Doch als es aus dem Lautsprecher tönte »Bitte zurück bleiben«, sprang er in letzter Sekunde raus.

Der Fremde ging auf die Rolltreppe zu, Thomas zwängte sich durch die Menge. Oben, im Tageslicht, konnte er ihn besser sehen. Schon eine Ähnlichkeit. Aber sicher eine optische Täuschung.

In der Menschentraube kam Thomas kaum

vorwärts. Mal verlor er ihn aus den Augen, dann hatte er ihn wieder im Blickfeld. Thomas spurtete, um ihn nicht erneut zu verlieren. Als er hinter dem Fremden war, packte er ihn am Arm und flüsterte:

»David bist Du es?«

Es war David. Aber irgendwie verändert.

»Gehen wir in die Seitenstraße«, sagte David, »da ist ein kleines Cafe!«

Thomas war platt. Sie setzten sich ganz hinten in die Ecke.

»Was ist los«, sagte Thomas atemlos. »Wieso bist Du verschwunden?«

David blickte sich ängstlich um.

»Thomas, Du bist mein Freund. Die Drogen-Mafia erpresst mich. Mehr kann ich Dir jetzt nicht sagen. Die verfolgen mich auf Schritt und Tritt. Ich wollte alle in die Irre führen. Sie sollten glauben, dass ich in Südamerika bin. Aber sie haben alles rausbekommen. Die Polizei hat keine Ahnung.«

Thomas verstand nur Bahnhof.

»Was ist mit der Unterschlagung?«

»Ich musste zahlen, aber das ist denen zu wenig. Ich sah keinen Ausweg und räumte die 1,4 Millionen ab. Die wollten 5 Millionen ...«

Thomas verstand immer noch nichts.

»Thomas, ich muss weg, ich wohne in einer kleinen Wohnung im Nordwesten. Ich muss weg.«

David stand rasch auf, ging mit schnellen Schritten zur Tür hinaus und ließ den verblüfften Thomas vor seinem Kaffee sitzen.

Kapitel 22

Er war mit den Nerven völlig runter. David sah überall Mafia-Jäger, die auf ihn warteten. So auch im Cafe. Er rannte die nächste U-Bahn-Treppe herunter, verschwand schnell in der Menge, um eventuelle Verfolger abzuschütteln.

Die Erinnerung an den schrecklichen Flug von damals kam zurück. Viel stärker und intensiver als je zuvor. David war seinerzeit im Auftrag seiner Reisefirma in Südamerika unterwegs, um neue Touristikrouten zu finden.

Die Rückreise sollte über Bogota in Kolumbien gehen. Im Abfertigungsterminal wurde er plötzlich von zwei Typen angesprochen, Zuerst verstand David nicht, was sie wollten.

Im gebrochenen Englisch sagte der eine Typ nochmals:

»We change our baggage, Mister. In Munic we change again!«

Langsam dämmerte es ihm. Er sollte wohl Kokain schmuggeln. Als seriöser Geschäftsmann würde man ihn in München nicht so kontrollieren.

David wehrte ab: » No change, no change!"
Der andere Typ mischte sich ein:
»We are not alone. You understand?«
Jetzt war es ihm klar. Bogota. Drogenmafia. Er hatte keine Chance. Um das Trio herum lauerten weitere finstere Gestalten.

Sie checkten ein. Während des Fluges überlegte David unablässig, wie er sich verhalten sollte.

Am frühen Morgen landeten sie. Im Terminal 2 stand er am Koffer-Laufband. Die zwei schrägen Gestalten hinter ihm.

»If you want to escape you are a dead man«, zischte der eine.

David musste wohl oder übel den Kokainkoffer nehmen und ihn durch den Zoll bringen. Was problemlos geschah. Draußen sollte dann der Umtausch stattfinden.

In ihm hatte sich während der ganzen Zeit eine unbändige Wut aufgestaut. Er war nicht mehr Herr seiner Gefühle. Plötzlich schlug er mit dem Koffer auf das Schienbein des ersten Gangsters, der sofort zu Boden ging. Die Passanten schrien auf. Dem zweiten Typen versetzte er einen mächtigen Schlag in den Magen.

Dann rannte David zum Parkhaus. Sein Wagen stand vorne in der zweiten Reihe. Er schob seine Karte in den Automaten, die Schranke ging auf. Im Hinausfahren sah er allerdings die beiden Mafia-Jäger, die ihrerseits in ihr Auto sprangen.

Noch hatte David einen Vorsprung. Er raste auf die Autobahn. Bei der ersten Ausfahrt fuhr er heraus. Die Landstraße war relativ leer. Er passierte eine Isarbrücke, hielt an und warf reflexartig den Koffer über das Geländer. Als er wieder einstieg, bemerkte er den Mercedes, der auf ihn zuraste.

»Ich habe die Kerle doch nicht abgehängt«, schoss es ihm durch den Kopf. Die anderen waren schneller. Er konnte nicht entkommen. Jetzt überholen sie ihn. Die zwei Insassen gestikulierten wild, er solle halten.

Aus dem Augenwinkel sah David einen großen LKW auf ihn zukommen. Entschlossen fuhr er etwas nach links, drängte den Mercedes auf die andere Fahrbahn, um gleich darauf wieder nach rechts zu steuern.

Das Manöver glückte. Die beiden mussten bremsten. Doch zu spät. Der LKW erwischte das Gangsterauto am Kotflügel und schob es rückwärts den kleinen Abhang herunter. Im Rückspiegel konnte er nicht genau erkennen, wie der Unfall ausgegangen war.

Als er zuhause ankam, war er erledigt. Karin erzählte er nichts von der Geschichte, legte sich schlafen. Die ganze Sache hatte ihm enorm zugesetzt. Wie würde es jetzt weitergehen?

Dann geschah lange nichts. Waren die Gangster tot? Oder im Gefängnis? Seltsamerweise passierte nichts. Er begann, die grausame Geschichte zu vergessen.

Doch nach einiger Zeit bekam er einen ominösen Anruf.

»We want the baggage or 5 Million Dollar«, schnarrte es in der Leitung.

Die Stimme kannte er. Die haben doch überlebt, durchfuhr es ihn. Zumindest einer.

»You have only five days. We know all about you. If you don't pay, we will kill you!"

Auf dem Nachhauseweg in der U-Bahn stand plötzlich der gleiche Typ neben ihm. Wortlos öffnete er seinen Regenmantel, damit David die Pistole sehen konnte. Dann stieg der Gangster aus.

Der Druck wurde systematisch gesteigert bis

David gänzlich die Nerven verlor. Er räumte verschiedene Konten ab und über gab den Verbrechern 1,4 Millionen als Anzahlung.

Doch die wollten mehr. 5 Millionen. Das Drohpotential wurde stetig erhöht. Da tauchte David ab. Versuchte eine falsche Spur zu legen. Vergeblich. Die Polizei bekam nichts heraus, die Mafia alles.

Er fand in München-Allach eine 1-Zimmer-Wohnung. Und wähnte sich dort in Sicherheit. Ließ sich einen Bart wachsen und verkleidete sich so gut wie es ging. Er ging nie ohne Baseballmütze und großer Sonnenbrille weg.

Er nahm an, dass Thomas abgehört wurde. Ein Telefonanruf war daher zu riskant. Er musste Thomas direkt ansprechen. Er verkleidete sich wieder, sah fast aus wie ein Bettler. Und lauerte in der Nähe von Collers Haus.

Als Thomas heraus kam, heftete er sich an seine Fersen. Im Menschengewühl näherte er sich von der Seite und flüsterte:

»Um 12 Uhr am Chinesischen Turm!«

Ehe Thomas reagieren konnte, war David verschwunden. Aber Thomas wusste gleich, an welchem Punkt sie sich treffen sollten.

Punkt 12 Uhr war es soweit. Beide trafen sich, zogen sich auf die letzte Bierbank zurück. So, dass sie alles im Blick hatten.

»Als wir im Cafe saßen«, begann David, »glaubte ich, ein Mafiamann beobachtet uns. Ich musste weg. Aber ich bringe jetzt vieles durcheinander.«

Dann erzählte David alles, was damals passiert war. Thomas hörte eine unglaubliche Story.

»Warum hast Du damals alles für Dich behalten?«

»Ich wollte alles tun, um die Sache zu vergessen. Und dann kam dieser plötzliche Anruf.«

David wollte nicht zur Polizei gehen, dann käme alles in die Öffentlichkeit und David wäre erledigt.

»Ich hab eine Bitte: Sage Karin, dass es mir gut geht, ich nehme Kontakt mit ihr auf. Sie wird vielleicht ebenfalls überwacht. Vor allem musst Du den Chef unseres Konzerns sprechen und ihm die Hintergründe meiner Unterschlagung erzählen. Machst Du das?«

»Natürlich, das ist doch selbstverständlich«, erwiderte Thomas.

»Wir können es so machen: Wir treffen uns jeden Montag zur gleichen Zeit an dieser Stelle ...«

Kapitel 23

Wie betäubt verließ Thomas das Treffen. David hatte ihm geholfen, jetzt musste er ihm helfen. Als erstes machte er einen Termin mit dem Chef des Reisekonzerns, Gregor Albrecht. Dann informierte er Tina und Karin.

Beide waren geschockt.

Tina überbrachte ihm noch eine schlimme Nachricht. Wortlos reichte sie ihm die aktuelle Zeitung. Auf der letzten Seite las Thomas eine kleine Notiz:

Drogendealer wieder auf freiem Fuß

Der szenebekannte Drogendealer Johann D. ist wegen guter Führung vorzeitig aus dem Gefängnis entlassen worden. Der Fall erregte damals großes Aufsehen, da er von einer Frau, die als Black-Lady eine gewisse Berühmtheit erlangte, nackt mit Handschellen an sein Bett gefesselt worden war.

Tina wirkte verängstigt. Was sonst selten der Fall war. Am Abend »tagte« dann der Familienrat. Alle wurden richtig informiert. Thomas meinte:

»Wir sind im Blickfeld der Drogenmafia. Wir müssen uns selbst schützen. Die Polizei kann es nicht. Und wenn wir Pistolen beschaffen müssen ...«

»Das ist kein Problem«, warf Julian ein, »in der Nighttrain-Disco gibt es so einen Typen, der besorgt alles.«

»Ich bin dagegen«, rief Tina, »wir sind doch keine Kriminelle.«

»Papa hat Recht«, sagte nun Mia, »die Polizei kann uns nicht helfen.«

Am nächsten Abend ging Julian in die besagte Disco. Messer-Rudi war auch da. Er hatte den Spitznamen, da er immer ein kleines arabisches Krumm-Schwert mit sich trug. Die meisten wussten, dass er Kontakte zu dunklen Kanälen hatte. Und er besorgte Julian zwei Pistolen, die er sich gut bezahlen ließ.

Thomas fuhr zu Davids Reisekonzern in der City. Es war ein mehrstöckiges weißes Gebäude. Das Firmen-Logo Klingtours prangte dominant über dem Eingangsportal.

Albrechts Sekretärin geleitete ihn zum

Chef, der hinter einem riesigen Schreibtisch residierte. Er bat Thomas gegenüber Platz zu nehmen..

Der Firmenboss hörte sich die unglaubliche Geschichte über Davids Flucht an. Gelegentlich brummte er. »Unglaublich!«

Als Thomas geendet hatte, lehnte sich Albrecht perplex zurück und schwieg eine Weile. Das musste der erst verdauen, sagte sich Thomas.

»Wissen Sie, Herr Coller«, begann er endlich, »das unterschlagene Geld macht mir weniger Kummer. Ich habe vor einiger Zeit eine neuartige Versicherungspolice für solche Fälle abgeschlossen. Ich werde auch meine Anzeige zurückziehen. Aber was passiert mit Herrn Kohlmauer?«

»Ich treffe ihn jeden Montag an einer bestimmten Stelle. Er will keine Polizei!«

»Er kann doch nicht ewig im Versteck leben. Ich brauche Zeit, mir Gedanken zu machen, was ich tun könnte ...«

»Könnten Sie ihm nicht einen Job im Ausland geben. Weit weg ...«

»Genau daran denke ich. Aber etwas anderes: Herr Coller, Sie haben gute, sehr gute

Arbeit als Kreuzfahrttester geleistet. Wollen Sie nicht für mich arbeiten?«

»Aber nicht mehr als Tester. Wie sie vielleicht wissen, hatte ich früher eine Werbeagentur ...«

»Ja, unser Werbeleiter wird bald pensioniert. Das wäre doch was?«

»Könnten wir uns über eine freiberufliche Tätigkeit unterhalten? Denn dann kann man immer noch entscheiden, wie es weiter gehen soll.« Thomas dachte an Julian, der sein Abitur hinter sich gebracht hatte, aber auch an seine Tina. Beide könnten einsteigen.

»OK, darüber ist zu reden. Lassen Sie sich einen neuen Termin geben. Dann reden wir Tacheles!«

Mit diesen Worten erhob sich Albrecht und geleitete Thomas zur Tür.

Endlich mal ein Lichtblick, sagte sich Thomas. Endlich!. Nach den vielen Niederschlägen wieder Licht im Tunnel.

Aber er dachte auch an diesen Johnny-Drogengangster, der entlassen wurde. Thomas wollte seine Frau beim Einkaufen aus Sicherheitsgründen begleiten, was diese aber energisch ablehnte. So bat Thomas seinen Sohn ihr unbemerkt zu folgen.

Julian beobachtete seine Mutter aus sicherer Entfernung beim Supermarkt-Gang. An einem Samstag Vormittag kam sie mit vollbepackten Tüten aus dem Geschäft, steuerte auf ihren kleinen Toyota zu.

In diesem Augenblick tauchten plötzlich zwei Männer auf, packten sie und zerrten sie gewaltsam in das nebenstehende Auto. Julian hatte die Szene verfolgt, stürzte sofort in seinen Wagen, um hinterher zu fahren. Die Kidnapper rasten Richtung Autobahn.

An einer Rotampel in einem Vorort mit wenig Verkehr hielten sie. Julian sprang sofort aus seinem Auto, lief nach vorne, riss die Fahrertür auf. In der Rechten hatte er seine Pistole und schrie:

»Raus alle beide oder ich schieße!«

Der verblüffte Fahrer stieg aus, hob seine Hände. Der Beifahrer tat so als wolle er sich ergeben, hatte aber plötzlich eine Waffe in der Hand. Julian schoss sofort. Tina schrie auf. Der Beifahrer sackte zu Boden.

Der Fahrer wollte die Gelegenheit nutzen und einen Faustschlag anbringen. Doch der geübte Karate-Kämpfer schlug ihn mit einem Handkantenschlag an die Schläfe ko.

Inzwischen war Tina bleich und zittrig aus dem Wagen geklettert. Sie beugte sich über den angeschossenen Beifahrer.

»Du hasst ihn nur an der Schulter getroffen, nicht getötet«, rief sie.

»Dann können wir verschwinden«, schrie Julian und zog seine Mutter in sein Auto. Noch kein anderer Wagen war aufgetaucht. Julian gab Gas, schoss an dem Gangsterauto vorbei. Im Rückspiegel sah er, wie zwei Wagen hielten. Die Fahrer stiegen aus, einer telefonierte. Sicher, um Polizei und Sanitäter zu holen.

As sie außer Reichweite waren, sagte Tina: »Wir müssen uns der Polizei stellen!«

»Nein, dann werde ich wegen Körperverletzung und unerlaubtem Waffenbesitz angezeigt. Die Notwehr nützt mir dann wenig.«

Kapitel 24

Abends »tagte« wieder der Familienrat. Alle waren deprimiert. Thomas, als Familienvorstand, musste Flagge zeigen:

»Ihr habt richtig gehandelt. Die Polizei hätte Julian sofort verhaftet. Das waren mit Sicherheit die Typen von diesem Johnny. Und wir gehen jetzt in die Offensive. Julian und ich werden diesen Johnny zur Brust nehmen.«

»Erst mal müssen wir wissen, wo der sich aufhält«, warf Mia ein.

»Das könnte Conny rausbekommen. Die hat inzwischen ein gutes Netzwerk aufgebaut.«

»Genau so machen wir es! Die Polizei kann uns nicht helfen. Man kann denen auch keinen Vorwurf machen, die sind unterbesetzt. Die müssten jeden von uns rund um die Uhr beobachten und schützen. Das geht nicht.«

»Aber wir können doch nicht Polizei und Richter zugleich spielen«, gab Tina zu bedenken. »Die Typen von Johnny können doch uns hinhängen!«

»Glaube ich nicht«, erwiderte ihr Gatte. »Dann wären sie ja selber dran. Die halten dicht. Aber ganz allgemein: Unsere Situation ist alternativlos, um Merkels Lieblingswort zu benutzen!«

Damit schloss Thomas die Familiensitzung. Das Leben ist ein einziges Haifischbecken, dachte er nicht zum erstenmal.

Kurz darauf folgte eine erneute Besprechung mit dem Chef von Klingtours. Der hatte inzwischen eine Lösung für David parat:

»Hören Sie, Herr Coller. David Kohlmauer kann unsere Dependance in Singapur übernehmen. Ich kann ihn und seine Frau unbemerkt auf ein Kreuzfahrtschiff schleusen. Das bedeutet: Sein Name steht auf keiner Passagierliste.«

»Das ist ja super«, freute sich Thomas. »Ich könnte mit seiner Frau alles in die Wege leiten für den Tag X.«

»Am besten wäre es, seine Frau fährt voraus«, fuhr Albrecht fort. »Und wir beiden müssen einen Dienstleistungsvertrag aushandeln. Also die Eckpunkte festmachen, wie unsere Kooperation in Zukunft aussehen sollte.«

Die Vertragsverhandlungen dauerten den ganzen Nachmittag. Dann war der Deal perfekt. Thomas hatte wieder einen Job und Tina und Julian konnten einsteigen.

Am nächsten Montag traf Thomas David am vereinbarten Ort. David war happy:

»Thomas, das vergesse ich Dir nie. Wenn wir mal in Singapur gesettelt sind, lade ich Eure ganze Familie ein. Jetzt müssen wir die Details besprechen.«

Es gab eine Reihe logistischer Probleme zu bereden: Einen Container zu mieten, der vom Ostbahnhof nach Hamburg gebracht wird und dort auf einem Schiff die Reise nach Singapur antreten sollte. Und das alles unter höchster Geheimhaltung.

»Aber Thomas, es gibt da ein weiteres Problem. Als ich gestern nach Hause ging, sah ich einen geparkten Wagen, der dort immer wieder auftaucht. Vielleicht spinne ich, aber kann es sein, dass ich observiert werde?«

»Ach je, ich werd nicht mehr. Das auch noch«, resignierte Thomas. Nach kurzer Überlegung sagte er mit bestimmter Stimme:

»Du fährst nach Hause wie immer. Julian und ich werden von zwei Seiten dieses Auto im Blick behalten. Dann sehen wir, was los ist.«

Am Abend hatten Julian und Thomas wie

besprochen Stellung bezogen. David betrat das Haus, ohne sich umzublicken. Das bewusste Auto stand wieder da, diesmal mit einem Insassen, der sich nicht rührte. Nach einer halben Stunde stieg dieser aus.

Er schlenderte Richtung Davids Haus. Dann drehte er sich nach links und rechts um, blickte suchend um sich, zog einen Schlüssel heraus und öffnete die Tür. Ehe diese zufallen konnte, waren Thomas und Julian zur Stelle und hielten die Tür weiter auf.

»Der hat einen Nachschlüssel«, flüsterte Thomas. Nach einer Weile traten sie ein.

Leise stiegen sie die Treppe hoch. Im zweiten Stock stand der Unbekannte vor Davids Tür. Er blickte sich um, dann schloss er auf. Wieder waren die beiden zur Stelle und hielten die Wohnungstür einen Spalt weit offen.

Dann stürmten sie auf ein Zeichen hin in die Wohnung, hielten dem verdutzten Einbrecher eine Pistole unter die Nase:

»Hände hoch! Was willst Du hier?«

Inzwischen war David aus dem Bad gekommen. Als er die Situation begriff, rief er:

»Das ist der eine Typ, der mich damals verfolgt hatte!«

Alle drei versuchten, den Typen zum Sprechen zu bringen. Vergeblich.

»Bei der Mafia redet keiner«, sagte Thomas. »Wir fesseln ihn!«

»Was hast Du vor?« fragte David. Thomas gab ihm ein Zeichen, in die Küche zu folgen. Julian hatte inzwischen die Pistole genommen.

»Hinlegen!« befahl er. Der Mann gehorchte.

In der Küche besprach Thomas mit David seinen Plan:

»Wir fesseln und knebeln ihn und lassen ihn da liegen. Du musst mitkommen, die kennen Deine Adresse. Wir müssen Dich woanders unterbringen bis Du nach Singapur fährst.«

»Willst Du den so liegen lassen?« fragte David weiter.

»Nein, morgen informieren wir anonym die Polizei. Eine andere Lösung sehe ich nicht.«

Sie nahmen dem Eindringling alles ab, auch die Autoschlüssel. Gefesselt und geknebelt legten sie ihn am Ende des Flurs. David packte in aller Eile seine Sachen – viel hatte er ja nicht.

Dann schlossen die drei die Wohnungstür. David nahm das Gangsterauto und fuhr mit einem gewissen Abstand hinter den beiden her.

Ein guter Freund von Julian hatte eine Gartenlaube in einem Kleingartenverein. Dieses Häuschen durfte David eine Zeitlang benutzen.

»Ich bin Euch so dankbar«, sagte David zum Abschied.

Thomas klopfte ihm auf die Schulter: »Du hast auch viel für mich getan. Nun sind wir quitt!«

Als sie draußen in ihr Auto stiegen, sagte Thomas grimmig:

»Nun nehmen wir uns den Johnny vor!«

Kapitel 25

Conny hatte inzwischen durch ihre Recherchen heraus bekommen, wo sich der frisch entlassene Dealer Johnny nun aufhielt. In einem grauen Vorort im Münchner Norden lebte er in einem schäbigen Haus neben einer großen Industrieanlage.

»Wir wollen nicht mehr abwarten, bis die Typen uns angreifen, wir schlagen nun selber zu. Ich habe es so satt!« Thomas legte seiner Familie seinen Plan vor, diesen Johnny mundtot zu machen. Alle waren einverstanden. Der Plan war gut, nein, er war genial.

Die gesamte Familie wurde bei der Aktion eingespannt. Johnny ging erst nach 22 Uhr aus seinem Haus in eine andere nicht minder schäbige Disco.

Um 21 Uhr fuhren die Collers vor. Das graue Haus Söternstrasse 9 sah abgerissen aus, passte irgendwie zu dem Typen. Tina blieb in respektablen Abstand im Auto sitzen und observierte die Straße. Mia postierte sich mit Handy bewaffnet am Eingang des Hauses.

Sie sollte Schmiere stehen und Alarm geben, wenn sich jemand nähern sollte.

Thomas und Julian checkten ab, wo Johnny wohnte. Im zweiten Stock wurden sie fündig. Thomas klingelte zweimal kurz. Nichts rührte sich. Thomas wiederholte das Geklingel. Dann hörten sie schlurfende Geräusche. Von innen dröhnte eine rauchige Stimme:

»Charlie, bist Du es?«

»Ja«, sagte Thomas leise.

Ein Schlüssel drehte sich im Schloss. Als die Tür aufging drängten sich Thomas und Julian, beide mit Pistolen im Anschlag, in die Wohnung.

»Hände hoch! Aber plötzlich!«

Johnny war überrumpelt. Er glotze blöd:

»Was wollt Ihr denn?«

»Komm, taste ihn nach Waffen ab!« Thomas gab seinen Sohn mit dem Kopf ein Zeichen.

Blitzschnell drehte Julian den Gangster herum mit dem Gesicht zur Wand und tastete ihn nach Waffen ab.

»Da ist nix!«

Thomas drückte Johnny den Pistolenlauf in den Rücken.

»Wir gehen jetzt zusammen ins Wohnzimmer. Los … Jetzt hinlegen.«

Die Handschellen klickten, mit dem Klebeband wurde Johnny Mund zugeklebt.

»Das kennst Du ja schon, Du Drecksack«, zischte Julian voller Wut im Bauch.

Dann machten beide sich auf die Suche. Der hatte sicher irgendwo was gebunkert. Sicher war da was zu finden. Sie suchten eine Stunde lang. Überall. Im Bad, unterm Sofa, im Kühlschrank, im Sesselkissen. Nichts.

Doch dann hatte Julian eine Idee. Er zerlegte das kombinierte Fax-, Scanner- und Druckergerät, das in einer Ecke stand. Und fand ein weißes Päckchen.

»Bingo!« rief er.

»Wunderbar«, kommentierte Thomas.

Jetzt kam die zweite Phase des Plans. Sie nahmen Johnny die Handschellen ab. Der Klebstreifen über den Mund blieb so wie er war.

Johnny brummte und stöhnte.

»Setz Dich auf's Sofa«, befahl Thomas, »Du nimmst jetzt die Zeitung in die rechte Hand und das Heroin-Päckchen in die Deine linke. Schau geradewegs in die Kamera!«

Johnny weigerte sich. Julian gab ihm einen kurzen Schlag in den Nacken. Johnny stöhnte noch mehr. Während Thomas den Dealer mit der Pistole in Schach hielt, präparierte Julian seine Kamera.

Dann fotografierte er ihn von allen Seiten – aber immer so, dass man das Datum der heutigen Zeitung gut erkennen konnte. Mit Blitzlicht, ohne Blitzlicht. Extreme Nahaufnahme, dann wieder Weitwinkel.

»Hör mal gut zu, Johnny«, sagte Thomas, » wir haben Dich in der Hand. Wenn Du nur einem von unserer Familie zu nahe kommst, zeigen wir Dich an. Dann sitzt Du aber viele Jahre im Knast. Und zieh ja Deine Kumpane zurück.«

Julian sekundierte: »Das Foto beweist, dass alles echt ist. Das kriegt die Polizei dann sofort. An das kommst Du nie heran, die Fotos werden digitalisiert und in USB-Sticks sicher deponiert.«

Sie nahmen ihm die Hausschlüssel und das Handy ab. Das Festnetzkabel zogen sie aus der Wand. Dann öffneten sie vorsichtig die Haustüre. Niemand war im Treppenhaus. Dann schlossen sie Johnny in der eigenen Wohnung ein.

Unten wartete Mia ungeduldig:

»Das hat ja eine Ewigkeit gedauert ... was war los?«

»Alles ok, Mia. Erfolg auf der ganzen Linie.«

Sie liefen alle drei zum Auto. Tina gab sofort Gas. In der Dunkelheit konnte ohnehin niemand die Collers erkennen. Unterwegs erzählten die beiden ihre Erfolgsstory. Ein einziger Jubelschrei ertönte.

»Das feiern wir jetzt im Roten Tor«, rief Thomas lachend.

Kapitel 26

In den folgenden Tagen und Wochen waren die Collers beschäftigt. Zum einen mussten die Vorbereitungen für Davids Umzug nach Singapore angegangen werden, zum anderen nahm die Zuarbeit für den Reisekonzern Klingtours konkrete Formen an.

Julian sollte sich entscheiden, ob er gleich in die Praxis einsteigen wollte oder ob er lieber studieren wollte. Zum Beispiel auf einer Fachakademie die Ausbildung zum Werbekaufmann.

Bei Mia rückte langsam das Abitur näher. Sie war mit Hans Wellner immer noch verbandelt – wenn auch lose. Dann lernte sie Wolfgang Schubert kennen, genannt Wolfi.

Wolfi war Mitte Dreißig und stellvertretender Leiter des Eventmarketings einer großen Autofirma. Während Hans ein bescheidener, zuverlässiger Freund war, konnte Wolfi Mia mehr die Glamour- und Glitzerwelt zeigen. Seine Firma sponserte zum Beispiel den FC Bayern.

Mia hatte sich für Fußball nie interessiert.

Aber als sie in der edlen Ehrenloge Platz nahm und zum ersten Mal die Stimmung im Stadion erlebte, war sie ganz angetan. Sie konnte das Champions League-Spiel FC Bayern gegen Real Madrid verfolgen.

Als er sie aber zum Bayerischen Filmball in einem Münchner Nobelhotel einlud, war es um sie geschehen. Auf dem roten Teppich gab es einen regelrechten Promistau. Die Stars der Film- und Fernsehbranche kamen in Scharen.

Mia konnte innen alle bewundern, die sie im Kino oder auf der Mattscheibe sah. Für Wolfi, den erfahrenen Frauenkenner, war es ein Leichtes, seine neue Eroberung von der Senkrechten in die Waagrechte zu bringen, wie sein Spezi Carlo immer sagte.

Hans hatte das alles auch mitbekommen und stellte Mia mal zur Rede.

»Die Glitzerwelt, in der Du jetzt lebst, ist genau so verlogen wie damals die Guru-Welt.«

»Mag sein«, entgegnete Mia schnippisch, »nur viel interessanter! Im Übrigen solltest Du Dankbarkeit nicht mit Liebe verwechseln ...«

»Der benützt Dich doch nur.« Hans regte

sich auf. »Dass Du auf sowas reinfällst, hätte ich nie gedacht. Aber vielleicht gibt es Dein Foto bald in der Bunten oder in den Boulevardblättern. Das ist natürlich das Höchste!«

»Bist Du eifersüchtig und neidisch, oder was?«

»Nein, ich will nur nicht zuschauen, wie Du dem falschen Schein nachrennst. Bald gehörst Du auch zur Münchner Schickeria ...«

»Ach lass mich doch in Ruhe!«

Als sie sich trennten, dachte Mia an die Vorwürfe von Hans nach. So Unrecht hatte er nicht. Sie wollte in Zukunft mehr auf sich aufpassen. Hans war zwar ein lieber Kerl, aber irgendwie spießig und etwas langweilig.

Wolfi war da natürlich anders. Er zeigte ihr Geiselgasteig, die Bavaria Filmstudios. Hier entstanden Klassiker wie »Das Boot« und »Die unendliche Geschichte«. Die Kulissen der bekanntesten Film- und Fernsehproduktionen sind in der Filmstadt noch heute zu sehen. Mia konnte bei einem Dreh zuschauen, was dem allgemeinen Publikum nicht möglich war.

Wolfi lud sie zu anderen hochkarätigen Events ein – zum Beispiel auf den Autosalon nach Paris. In einem Privatsender in Unterföhring wurde sie Zeuge einer Telenovela mit namhaften Schauspielerinnen und Schauspieler.

Sie war sich dieser Scheinwelt bewusst – aber Mia genoss die neuartigen Eindrücke. Ihre Eltern bekamen natürlich auch die neue Mia mit und versuchten alles, damit sie Bodenhaftung behielt.

Die schien sie tatsächlich verlieren, als Wolfi ihr zuredete, Model zu werden. Er hätte die entsprechenden Beziehungen. Aber dann müsste sie das Gymnasium abbrechen und voll in den neuen Beruf einsteigen.

Die Eltern sagten ein heftiges Nein. Es kam zu schweren Auseinandersetzungen. Mia war noch nicht 18 – daher mischten sich ihre Eltern tatkräftig ein.

Tina, die Powerfrau, wollte es nicht mit Reden belassen. Sie entschloss sich, Wolfi in dessen Wohnung aufzusuchen. Er hatte eine schicke Drei-Zimmer-Wohnung in Schwabing.

Tina klingelte unten. Ein Summer ertönte. Als sie vor Wohnung stand, hörte sie Wolfis alkoholisierte Stimme:

»Leni komm rein, mach mit, die Tür ist offen!«

Tina drückte die Tür ein wenig weg, trat in den Flur. Laute Rockmusik schallte aus dem Wohnzimmer, dessen Türe angelehnt war. Wahrscheinlich ist schon eine Party im Gange, dachte sie.

Als sie eintrat, bekam sie einen Schock: Auf dem riesigen Sofa räkelten sich zwei Mädchen, nur mit einem Slip begleitet. Wolfi selbst lag völlig nackt zwischen den beiden. Auf dem Tisch unzählige leere und halbvolle Flaschen. Daneben verstreute Asche, weiße Asche.

Tina stand da mit offenem Mund. Die drei schienen sie gar nicht richtig zu bemerken. Die waren high. Sie machte wortlos kehrt. An der Wohnungstür fiel ihr ein: Ich habe ja ein Handy. Also zurück – und ein Beweisfoto gemacht. Dann stürmte sie heraus …

Meine arme Tochter, dachte sie. Wie es ihr beibringen? Sie hörte schon im Geiste Mias Empörung: »Du hast ihm nachspioniert, ich fasse es nicht …«

Tina redete erst mit ihrem Mann und zeigte ihm das Handy-Foto.

»Thomas, kannst Du es ihr schonend beibringen. Wenn ich das mache, geht sie in die Luft!«

»Da hast Du recht. Ich mach's!«

Mia kam an diesem Abend spät nach Hause von einem Vortrag in ihrem Gymnasium. Tina hatte sich schon ins Bett verabschiedet. Thomas sprach Mia an:

»Mia, auch wenn es spät ist, ich muss mit Dir reden.«

»Muss das jetzt sein«, antwortete Mia grantig.

»Ja, es muss jetzt sein.«

»Mia, Du musste jetzt gefasst sein. Das Leben hat Höhen und Tiefen …«

»Keine Phrasen bitte«, unterbrach ihn seine Tochter.

Mit viel Fingerspitzengefühl versuchte Thomas an das Problem heranzugehen. Er sprach von seinen eigenen enttäuschten Liebesabenteuern. Doch Mia wurde immer ungeduldiger: Als er dann das Foto auf Tinas Handy zeigte, wurde sie erst bleich. Sagte nichts. Dann schrie sie:

»Das ist eine Fälschung. Jeder weiß, wie man das heute machen kann!«

»Nein, es ist echt, Deine Mutter hat es aufgenommen.«

»Was? Das ist ja voll krass. Wann, wieso ... ich glaub das nicht.«

Es war eine furchtbare Vater-Tochter-Auseinandersetzung. Sie endete damit, dass Mia schließlich aufstand, trotzig, Haltung bewahrend. Sie ging grußlos auf ihr Zimmer.

Kapitel 27

Es war die erste handfeste Niederlage in ihrem Leben. Mia wusste nicht, wie sie damit umgehen sollte. Vom Einschlafen keine Rede. Sie versuchte Gefühle wegzustecken, rational zu bleiben. Sie war geschockt und traurig.

Mitten in der Nacht stieg sie aus dem Bett, schlich ins Wohnzimmer und suchte nach der Kamera ihrer Mutter. Sie kopierte das Bild auf Ihren Computer und auf einen USB-Stick.

Dann betrachtete sie das Foto intensiv. Dieser Mistkerl. Das junge Mädchen links kam ihr bekannt vor. Natürlich. Die ist von meiner Schule, einige Klassen unter mir – also minderjährig.

Beim Frühstück herrschte Schweigen. Die Eltern hüteten sich, das Thema von gestern anzusprechen. Mia ließ sich nichts anmerken. Sie wirkte cool. Julian, der von nichts wusste, fragte:

»Was ist denn los?«

»Nichts«, brummte sein Vater.

»Ist jemand gestorben oder was?« Julian ließ nicht locker.

Mia stand auf: »Ich muss noch etwas erledigen!« Sie ging nach oben in ihr Zimmer.

Thomas informierte seinen Sohn über das Vorgefallene. In der Familie war Offenheit oberstes Gebot.

»Am liebsten würde ich den fertigmachen«, tobte der.

»Du wirst Dich da heraushalten. Das ist allein Mias Sache.«

Mia hatte einen fiesen Entschluss gefasst: Cybermobbing – das war die Lösung und die Rache. So wie sie selbst mal darunter zu leiden hatte. Jetzt war dieser Wolfi dran. Sie veröffentlichte das Foto auf der neuen Internet-Plattform »Read up« mit folgendem Text:

Auf dem Foto seht Ihr Wolfgang Schubert aus München in einer Alkohol- und Koks-Party mit minderjährigen Gespielinnen.

Die Veröffentlichung schlug wie eine Bombe ein. Wolfi tobte, sein Rechtsanwalt drohte, die Polizei recherchierte. In der Schule war es das Tagesgespräch.

Mias Eltern standen unter Schock:

»Mia, weißt Du, was Du angerichtet hast.

Deine Mutter kann ins Gefängnis kommen.«
Thomas zeigte sich entsetzt.

»Das glaube ich nicht!« Mia hatte den Tiefschlag schon weggesteckt. Insgeheim bewunderte Thomas seine Tochter. Eine richtige Coller, die sich nichts bieten lässt.

Mia rief Conny an. Beschwatzte sie, Wolfi anzurufen und mit einer weiteren Veröffentlichung in ihrer Zeitung zu drohen. Mit einem gesamten Hintergrund-Bericht. Der Plan: Wenn Wolfi seinen Anwalt zurück pfeift, dann wird der Betreiber das Foto löschen (vielleicht). Es ging hin und her.

Wolfi gab schließlich klein bei. Vor allem als die Polizei bei ihm vorstellig wurde. Jetzt war er in der Defensive. Rauschgiftkonsum mit Minderjährigen – da kam er nicht mehr heraus.

Mia musste an Hans denken. Wie recht er hatte. Die verlogene Glamourwelt im Luxus – das war nicht ihr Metier. Aber sie war zu stolz, um das vor ihm zuzugeben.

In ihrer Klasse gab es allerdings ein Problem. Manche standen hinter ihr, gratulierten sogar. Manche verurteilten aber ihre Mobbing-Aktion. Eine meinte sogar:

»Du bist doch nur neidisch, weil er es nicht mit Dir getrieben hat!«

Mia versetzte ihr wortlos einen kleinen Schlag ans Schienbein.

»Wenn Du nochmal so was von Dir gibst, kracht es richtig!«

Ina meinte hingegen: »Mia hatte cool gehandelt. Solchen Typen muss man das Handwerk legen.«

Die Diskussion auf dem Schulhof wogte hin und her. Am Ende waren die meisten auf Mias Seite. Das gab ihr Auftrieb. Sie wurde jetzt bewundert. Ihr vormaliges negatives Guru-Image war weg. Sie hatte ein neues Erscheinungsbild, um es vornehmer auszudrücken. Auch wurde sie als nächste Klassensprecherin vorgeschlagen.

Jetzt wollten viele Jungs mit ihr ausgehen. Sie sonnte sich in der Gunst der anderen. Erhielt massenhaft Einladungen zu verschiedenen Anlässen.

Mia war nun wer: der Star der Schule.

Kapitel 28

Die Abreise nach Singapur rückte näher. David, der immer noch in der Gartenlaube hauste, wollte nicht einfach so verschwinden. Er wollte noch eine Abschiedsparty geben. Natürlich nicht bei ihm zuhause, das wäre zu gefährlich gewesen.

Karin hatte ihren etwas verrückten Cousin Freddy vorgeschlagen. David war einverstanden. Freddy, der begüterte Weinkenner, nahm die Aufgabe gerne an. Er bereitete die Abschiedsparty in seiner großzügigen Wohnung vor. Er durfte leider keine große Werbung machen, es sollte ja unentdeckt bleiben.

Die Gäste wurden gebeten, diskret durch den Hintereingang des Hauses zu kommen. Es sollte keinesfalls auffallen, was da los war. Die Party selbst hatte Freddy toll gestaltet. Die besten Partyhäppchen, die besten Weine. Der Caterer bot großes Kino.

Natürlich mussten die Gäste Freddys Sprüche über sich ergehen lassen.

Schon bei der Begrüßung merkten die Collers, dass Freddy vorgeglüht hatte. Eine Fahne wehte ihm voraus.

Freddys Lieblingssänger Frank Sinatra gab mit »New York, New York« den Hintergrund des großen Wohnzimmers. Nachdem sich alle versammelt hatten, klopfte Freddy an sein Glas und begrüßte die Gäste auf seine Art:

»Lieber David Kohlbauer …äh Kohlmauer, wir wollen Dich gehörig verabschieden. In Deinem neuen Domizil, in Jaipur …«

»Singapur«, flüsterte Karin, die neben ihm stand.

»…äh in Singapur sollst Du Dich wohlfühlen …«

Freddy schwankte schon beträchtlich.

»…und alle sind hier, um Dir viel Klick …äh Glück zu wünschen …Chirio.«

Freddy sackte leicht nach links ab, Karin konnte ihn gerade noch stützen.

»Freddy könnte glatt den Butler in Dinner for one spielen«, feixte Thomas. Alle lachten und klatschen Beifall. Jeder Gast wusste um Freddy Bescheid. Keiner nahm ihm seine Show übel. Es wurde in der Tat eine feucht fröhliche Party mit einem Hauch Abschiedsschmerz.

Auch die Restaurant-Kritikerin, Frau Mertes, zog wieder ihre Show ab. Sie lag David ständig in den Ohren, welche Speisen er in Singapur probieren sollte.

»Als erstes müssen sie in das ›Kong Li‹ gehen und dort die Wan Tan Suppe essen und vor allem das Saté-Spießchen mit Erdnuss-Soße probieren ....«

Sie quasselte unentwegt auf David ein, der langsam das Gesicht verzog.

Aber Frau Mertes fuhr unbeirrt fort:

»...und ganz wichtig die Ente nach traditioneller Art mit Pak Choi-Sauce.«

David war dankbar, als ihn Thomas wegzog. Sie hatten Wichtigeres zu bereden.

»Ich habe einen kleinen Umzugs-LKW besorgt, wir beladen den in der Nacht vor Deinem Haus. Dann parken wir ihn am Ostbahnhof. Den angemieteten Container beladen wir gemeinsam ...«

Beide unterhielten sich recht lange über die Details des Umzugs, der in Kürze stattfinden sollte.

Mittlerweile war die Party im vollen Gange und Freddy in Höchstform.

Er brachte ständig Toasts aus – auf jeden Gast, der bei ihm vorbeikam.

Dann stellte er sich am Fenster auf einen Stuhl und wollte eine Rede halten:

»Es hat mich gewundert ...äh gefreut, dass Ihr alle da seid«, lallte er, »greift nur zu, gleich ist das Buffet leer und der Wein alle ...«

Er lachte wieder wie verrückt, kippte erneut zur Seite. Er hielt sich am Vorhang fest, der aus der Verankerung heraus gerissen wurde. Freddy segelte mit ihm – wie einst bei Loriot im Wartezimmer – rauschend zu Boden. Ein einziges Gelächter folgte.

Freddy rappelte sich wieder auf, rülpste und lallte weiter.

Plötzlich Sturmgeklingel an der Wohnungstür. Thomas griff schon reflexartig an die Innentasche, in der seine Pistole steckte. Aber es war nur die Nachbarin, die sich an den lauten Sinatra-Songs störte.

»Ach die blöde Gans, die soll ruhig sein«, schwadronierte Freddy. »Apropos Gans. Kennt Ihr den: Zwei Gänse treffen sich. Fragt die eine: ›Was machst Du an Weihnachten?‹ Sagt die andere: ›Ich glaub ich guck in die Röhre‹.

Alle lachten. Freddy war so betrunken, dass er in den großen Ohrensessel fiel und seinen Lieblingssong zum Besten gab:

»Stranger in the night, exciting glances wondering in the night …«

Da wussten die Gäste: Die Party ist over. Es war Zeit zum Aufbruch. Freddy war nicht mehr in der Lage, von seinem Sessel aufzustehen, um seine Besucher zu verabschieden. Er sang weiter:

»What were the chances, we'd be sharinglove before the night was through …«

Die Abschiedsparty endete trotzdem in ausgelassener und harmonischer Stimmung. David bedankte sich bei allen:

»Ihr wisst alle, warum ich weg muss. Es ist besser so. Noch eine Bitte. Erzählt niemand von dem heutigen Abend …«

Kapitel 29

Karin fuhr paar Tage später mit dem Bus nach Genua, dort stieg sie in ein Kreuzfahrtschiff der Cory-Flotte. Die Einzelheiten beim Check-in wurden vorher mit dem Kapitän ausgehandelt. Sie fuhr quasi als blinder Passagier.

Die Reise sollte durch den Suez-Kanal gehen, mit Stopps unter anderem in Safaga, Salala (Jemen), Mumbai, Sri Lanka, Malaysia, Singapur. Karin erhielt eine großzügige Balkonkabine.

In den einzelnen Städten machte sie einige Ausflüge mit. In Safaga am Roten Meer nutzte sie die Chance nach Luxor zu reisen. Sah die wunderschönen Tempel. Im Tal der Könige konnte sie sogar das Grab Tutanchamun besichtigen.

Überwältigend war Mumbai. Als sie in den Hafen einfuhr las sie als Erstes ein riesiges Schild mit der Aufschrift

Uncredible India

Und genau das war es für Karin: Unglaubliches Indien. Nie hatte sie so einen krassen Unterschied zwischen Arm und Reich gesehen. Prächtige Häuser und gleich daneben bitterste Armut. Wunderschöne Gärten und Innenhöfe und gleich daneben die grausame Wirklichkeit.

Mitten in dem stinkenden Straßengewimmel die bunten Saris der Frauen. Dreck und Schönheit als Einheit – das hatte Karin noch nirgends gesehen. Der allererste Weg am Ausflug sollte sie zu zwei Sehenswürdigkeiten führen: dem Gate of India (ein skurriler, 26 Meter hoher Triumphbogen, erbaut im Jahre 1911 allein zu Ehren des Besuches des britischen Königs Georg V) und dem berühmten Taj Mahal Hotel direkt daneben.

Die Gruppe machte dann einen Fußweg durch einige Straßen -beziehungsweise wollte dies machen. Die Reiseschar war sofort umringt von Geschäftemachern, Schleppern, Bettlern und Neugierigen. Sie kam nicht weit und kehrte ernüchternd zu Bus zurück.

Nach einigen Tagen erreichte das Schiff Singapur. Klingtours hatte in einem Hochhaus eine 5-Zimmer-Wohnung angemietet. Mit einer tollen Aussicht auf die Skyline der Stadt.

Im München hatte mittlerweile die Verlade-Aktion begonnen. Nachts um 2 Uhr fuhren Thomas und sein Sohn mit dem Miet-LKW zu Davids Haus. Sie parkten seitlich in der Einfahrt. Nachdem sie sich überzeugt hatten, dass niemand in der Nähe war, fingen sie mit dem Beladen an.

Thomas und Julian arbeiteten so leise wie möglich. Dann fuhren sie den vollen LKW an den Ostbahnhof, stiegen in ihr dort zwischengeparktes Auto und fuhren heim.

Am frühen Morgen ging es los. Mit von der Party war Conny, die erst am Nachmittag in die Redaktion musste. Thomas war überzeugt, dass die Drogengangster nichts mitbekommen hatten.

Sie beluden den angemieteten Container auf dem Güterbahnhof. Alle drei vergewisserten sich immer wieder, dass sie unbeobachtet blieben.

Aus Sicherheitsgründen hatte Thomas ein großes Schloss mitgenommen.

Sie wollten gerade die Türe schließen, als drei Männer wie aus dem Nichts auftauchten. Der eine der finsteren Typen fuchtelte mit der Pistole herum, die anderen schwangen ihre Baseballschläger:

»Hände hoch, alle drei. Aber plötzlich«, rief der Pistolenmann.

Die hatten uns doch beobachtet, durchfuhr es Thomas. Das gibt es doch gar nicht. Julian und Conny tauschten nur einen kurzen Blick aus, dann wussten sie, was zu tun war. Sie wollten die Show von Casablanca wiederholen.

»Nicht schießen«, bettelte Julian in unterwürfigen Ton. Er zitterte am ganzen Körper.

»Wir tun alles, was ihr wollt«, rief Conny. Sie versuchte, total ängstlich zu wirken.

Die drei Typen wiegten sich in Sicherheit.

»Ihr geht jetzt mit uns, alle drei«, bellte der Anführer.

Nach einem kurzen Kopfnicken schnellte Julian auf den Pistolenmann zu. Mit einem Handkantenschlag schlug er ihm die Pistole aus der Hand. Gleichzeitig hatte Conny ihren gefürchteten Kung-Fu-Tritt an dem andern Typen angebracht.

Thomas hielt indessen den dritten Angreifer mit seiner Waffe in Schach, während Julian und Conny kräftig austeilten. Sie waren so aufeinander eingespielt, dass die drei Typen in Sekundenschnelle erledigt waren.

»Ihr drei in den Container, marsch«; herrschte Thomas die Männer an.

Als diese drin waren, befahl er »Hinlegen! Auf den Bauch! Hände auf den Rücken!«

»Wir nehmen das Klebeband«, zischte Thomas. Julian wusste nicht, was sein Vater wollte. Aber dann kam ihm ein Licht auf.

»Wir schicken die nach Hamburg«, jubelte er.

Sie fesselten die stöhnenden Mafia-Gangster mit dem Klebeband. Thomas deutete auf den Mund. Julian und Conny verstanden sofort und handelten.

Thomas schloss die Türe zusätzlich mit dem mitgebrachten Schloss. Alle drei warteten bis der Güterzug langsam anfuhr. Richtung Norden.

»Willst Du die drin lassen bis Singapur«, fragte Conny ungläubig.

»Nein, in ein paar Stunden rufe ich die Hamburger Hafenbehörde an, aber erst so um 4 Uhr. Der Zug soll angeblich um 16.30 Uhr eintreffen.

Genau um diese Zeit trat Thomas in eine öffentliche Telefonzelle und wählte die Nummer der Hamburger Hafenbehörde. Ein Beamter meldete sich mit Namen und »Moin, moin«.

»Ich habe für Sie eine Information«, begann Thomas, »um 16.30 kommt …«

»Nennen Sie mir zuerst Ihren Namen.«

»Der Name spielt keine Rolle. Um 16.30 kommt ein Güterzug aus München bei Ihnen an. Im Container AF 5724 liegen gefesselt drei Drogendealer …«

»Hallo, ich brauch Ihren Namen …«

»Ich buchstabiere: Container AF fünf-sieben-zwei-vier. Da liegen drei Drogendealer …«

Dann legte Thomas auf. Draußen wartete Julian. Der meinte mit resignierendem Unterton:

»Ich weiß nicht, ob die ganze Aktion richtig war. Die Mafia weiß alles. Die sind stets informiert. Da stimmt doch was nicht!«

»Ich sehe halt keine Alternative. Die Polizei hilft uns nicht. Die können nicht uns alle rund um die Uhr bewachen. Wir müssen selbst aktiv werden. Morgen bringen wir David zum Busbahnhof.«

Kapitel 30

Die nächsten Tage und Wochen gehörten dem Aufbau der neuen Werbeagentur. Thomas hatte mit dem Klingtours-Chef ausgehandelt, dass er wieder eine Werbeagentur eröffnen konnte. Allerdings mit der Einschränkung: Die Agentur mit dem neuen Logo »Coller & Sohn« durfte keine fremden Aufträge annehmen.

Die Agentur war ausschließlich für Klingtours tätig. Der Reisekonzern über nahm 49 % der Anteile. Das war nicht ungefährlich: Das Finanzamt konnte vielleicht Thomas eine Scheinselbständigkeit unterstellen. Aber dieses Risiko musste eingegangen werden.

Eine der ersten Maßnahmen galt den Reiseprospekten und –katalogen, gedruckt oder in der Online-Version. Ihm fiel schon länger auf, wie die Reiseofferten sprachlich geschönt wurden. Er konnte sich an einen Urlaub vor vier Jahren erinnern.

Im Katalog hieß es damals: »Gemütliches Hotel mit Meerblick – 4 Sterne nach Landeskategorie«. In Wirklichkeit stellte es sich als renovierungsbedüftige Bruchbude mit verwahrlostem Strand heraus. Das Meer war zwar zu sehen, aber in 300 Meter Entfernung. Ein einziges Ärgernis.

Er machte sich die Mühe und durch forstete die Angebote von Klingtour, aber auch die der Konkurrenz. Dann stellte er eine Liste zusammen mit beispielhaften Verklausulierungen – und was diese bedeuten könnten. Er nannte sie

Dichtung und Wahrheit

»kurzer Transfer zum Flughafen«	= Fluglärm
»Meerseite«	= nicht Meeresblick
»naturbelassener Strand«	= Strand kann verdreckt sein
»Taxientfernung 10 Minuten«	= keine Busverbindung
»touristisch gut erschlossen«	= viele Hotels und Touristen
»unberührte Natur«	= sehr abgelegen
»5-stöckig«	= eventuell kein Fahrstuhl

»beheizbarer Swimmingpool«	= kann, muss aber nicht beheizt sein
»15 Minuten bis zum Strand«	= kann zu Fuß oder per Auto sein
»breite Uferpromenade«	= mehrspurige Straße
»Entfernung zum Strand 350 m«	= zwischen Hotel und Strand kann eine Straße liegen
»in griechischem Stil eingerichtet«	= karge, nüchterne Ausstattung
»klimatisierbare Zimmer«	= kein Anspruch auf Einschalten der Anlage
»landestypische Bauweise«	= Hellhörige Zimmer
»landestypische Einrichtung«	= einfache Möblierung
»temperierter Swimmingpool«	= nicht wärmer als 21/22 Grad
»zentrale Klimaanlage«	= keine individuelle Regulierung möglich
»zweckmäßig eingerichtet«	= einfache Ausstattung
»Zimmer mit Doppelverglasung«	= Verkehrslärm
»6 Tage Busreise«	= Anreisetag + vier volle Tage + Abreisetag

»Direktflug«	= Zwischenlandung ist möglich.
»internationale Küche«	= eher einfache Küche, wenig landestypische Speisen
»kontinentales Frühstück«	= einfaches Frühstück
»ärztliche Versorgung«	= nur landesüblicher Standard
»familiäre Atmosphäre«	= wenig Service und Komfort, evtl. auch abgewohnt
»gelegentliche Unterhaltungsprogramme«	= wenig los
»junges Serviceteam«	= unerfahren
»regelmäßiges Unterhaltungsprogramm«	= kann auch nur ein Mal in der Woche bedeuten
unaufdringlicher Service«	= Wartezeiten
»wöchentlich Animation«	= Animation ein Mal in der Woche
»besonders für junge Leute geeignet«	= Lärm vermutlich bis morgens um fünf
»gelegentliche Lärmbeeinträchtigungen«	= maximal 2 Stunden täglich

| »internationale Atmosphäre« | = hier verkehren (Kegel-) Clubs usw. |
| »lebhafte Ferienanlage«/ »lebhaftes Hotel« | = Lärmbelästigungen |

Diese Liste wollte Thomas seinem Boss vorlegen. Er wollte es nicht nur, er tat es auch. Natürlich mit entsprechendem einleitenden Kommentar. Albrecht las die Liste und meinte dann trocken:

»Machen wir jetzt Antiwerbung oder was?«

»Herr Albrecht, wenn wir uns von den Mitbewerbern unterscheiden wollen, sollten wir endlich mit den schöngefärbten Reiseversprechungen aufhören. Die Reklamationen werden immer häufiger«

»Ja die Urlauber werden immer anspruchsvoller. Alles muss so sein wie zuhause.«

»Das stimmt. Die enttäuschten Urlauber berufen sich mehr und mehr auf die sogenannte Frankfurter Tabelle, die von den Gerichten zusehends angewendet wird, um Preisnachlässe zu erhalten.«

»Wie wollen Sie das ändern?«

»Indem wir Licht- und Schattenseiten klar

darstellen. Also die Mängel nicht ausgrenzen – diese aber den niedrigeren Preisen gegenüber stellen. Auf gut deutsch: Negatives positiv verkaufen!«

Thomas legte seinem Chef zusätzlich nachfolgende Übersicht vor:

Auszug aus der Frankfurter Tabelle

Leistung/Mangel   **Prozent**

- Abweichung von dem gebuchten Objekt — 10-25
- Abweichende örtliche Lage (Strandentfernung) — 5-15
- Abweichende Art der Unterbringung im gebuchten Hotel (Hotel statt Bungalow, abweichendes Etage) — 5-10
- DZ statt EZ — 20
- Dreibettzimmer statt EZ — 25
- Dreibettzimmer statt DZ — 20-25
- Vierbettzimmer statt DZ — 20-30
- zu kleine Fläche — 5-10
- fehlender Balkon — 5-10
- fehlender Meerblick — 5-10
- fehlendes (eigenes) Bad/WC — 15-25

- fehlendes (eigenes) WC   15
- fehlende (eigene) Dusche   10
- fehlende Klimaanlage   10-20
- fehlendes Radio/TV   5
- zu geringes Mobiliar   5-15
- Schäden (Risse, Feuchtigkeit etc.)   10-50
- Ungeziefer   10-50
- Toilette   15
- Bad/Warmwasserboiler   15
- Stromausfall/Gasausfall   10-20
- Klimaanlage   10-20
- Fahrstuhl defekt   5-10
- schlechte Reinigung   10-20
- ungenügender Wäschewechsel (Bettzeug, Handtücher)   5-10
- Lärm am Tage   5-25
- Lärm in der Nacht   10-40
- Gerüche   5-15-

»Diese Auseinandersetzungen mit unseren Kunden«, fuhr Thomas fort, »können wir vermeiden, wenn wir offen informieren. Wenn also zum Beispiel ein Hotel keine Klimaanlage hat, sollten wir das erwähnen, aber gleichzeitig auf den 20 %-igen Rabatt hinweisen.«

»Da ist was dran«, nickte Albrecht. »Nur wird dann der Katalog doppelt so dick und doppelt so teuer.«

»Sicher, da muss ein Kompromiss gefunden werden.«

»Wissen Sie was, machen Sie mir mal ein schlüssiges Konzept mit entsprechenden Beispielen.«

Mit diesen Worten erhob sich Albrecht aus seinem Sessel und geleitete Thomas zur Tür.

»Übrigens«, meinte der Chef beim Händeschütteln, »David Kohlmauer hat sich toll in Singapur eingelebt. Der Laden brummt!«

Kapitel 31

Nach der ersten großen Enttäuschung verhielt sich Mia jetzt vorsichtiger. Sie traf zwar Hans wieder. Aber doch immer mit einem gewissen Abstand. Sie wollte sich nicht binden. Jetzt noch nicht.

Hans verhielt sich vorbildlich. Er vermied das Wolfi-Thema wie es nur ging. Keine Häme, keine Ermahnung »Ich habe es gleich gewusst!« Das imponierte ihr schon. Nur war Hans etwas einfach gestrickt, etwas bieder.

Während Mia Distanz hielt, wurde das Liebesverhältnis Julian-Conny immer enger. Beide verstanden sich prächtig. Julian stieg in die Werbeagentur ein, Conny lernte das Zeitungswesen intensiver kennen.

Die Pressewelt zeigte sich anstrengend, war aber hochaufregend. Eines Abends wurde sie zu einem Staatsempfang in der Münchner Residenz geschickt. Verdiente Mitbürger wurden durch den bayerischen Innenminister geehrt.

Sie war akkreditiert und nahm ihren Job sehr ernst. Sie verfolgte das Procedere der

Ehrung und notierte sich die Ereignisse auf der Bühne. Anschließend folgte der offiziöse Teil. Politiker, die Geehrten und Journalisten saßen zwanglos zusammen.

Nach einigen Sektgläsern ging Conny an die Bar, um einen Espresso zu trinken. Links neben ihr, abgetrennt durch eine kleine Schiebewand debattierten zwei Männer. Nicht laut, aber doch so, dass Conny einige Sprachfetzen hören konnte.

Es ging um irgendein Grundstück. Ihr Interesse war erwacht. Sie rutschte langsam an die Ecke. Bestellte noch einen Espresso.

»Das kann ich nicht machen, Schorsch, nein das geht nicht.«

»Wieso, Ihr müsst doch nicht das billigste Angebot nehmen, sondern das Beste. Und das Beste ist meins ...«

Jetzt erkannte Conny den einen. Er war einer der großen Baulöwen in der Stadt, Georg Obermayer. Erst vor einigen Tagen hatten sie ihn in der Zeitung gesehen.

Der Baulöwe wurde deutlicher:

»Franz, ich gebe Dir 20 Prozent. Cash natürlich. Kein Konto in der Schweiz. Auf die Hand!«

»Nein, wenn das rauskommt!«

»Was soll da rauskommen? Du legst das Geld in Deinen Banktresor und fertig.«

Conny vergaß die Welt um sich. So läuft das also. Sie hörte angestrengt hin, bestellte sich den dritten Espresso, damit dem Barmann nichts auffällt.

»Wie soll ich den anderen Dein teures Angebot schmackhaft machen? Die wollen doch immer die preiswerteste Offerte nehmen, damit sie später nicht belangt werden können. Das kennst Du ja.«

»Ach was, Dir wird schon was einfallen. Bessere Bauqualität, pünktliche Fertigstellung.«

Es ging also nicht nur um das Grundstück, sondern auch um einen Neubau. Die Details bekam Conny nicht mehr mit, weil plötzlich die Beiden nur flüsterten. Conny verschwand auf leisen Sohlen.

Im Zeitungsarchiv machte sie sich schlau. Dieser Franz war ein hohes Tier in der Baubehörde, Franz Eichseher. Conny hatte einen veritablen Bestechungsversuch hautnah miterlebt.

Sie beschrieb den Versuch so gut wie möglich in einem kleineren Beitrag. Aber immerhin auf der drittem Seite. Vor der Druckreiferklärung warf der Chefradakteur einen Blick darüber. Er ließ Conny kommen.

»Sind Sie wahnsinnig«, fauchte er, »Sie haben die zwei bespitzelt und wollen daraus Kapital schlagen ....«

»Ich kann das alles bezeugen, was ich gehört habe ...«

»Aber einen Beweis haben Sie nicht? Stellen Sie sich mal vor: Die Sache stimmt so nicht und unsere Zeitung hat zwei Existenzen vernichtet. Die sind doch nicht Hinz und Kunz. Das sind wichtige Leute. Verstehen Sie das nicht?«

»Selbst wenn ich mich geirrt haben sollte, dann machen wir halt in den nächsten Ausgaben eine Berichtigung:«

»Sie sind ganz schön abgebrüht, meine Liebe. Beste Voraussetzungen für eine Karriere ...äh ich habe nichts gesagt!«

»Lassen wir den Beitrag also drin?«

»Nein, den lassen wir nicht drin, das ist mir zu heiß!«

Eine klare Niederlage für Conny. Schade. Aber ich muss einen Weg finden, diesem Obermayer eins überzubraten. Aber wie? Anonym auf einer Internetplattform? Nein, das wäre zu schräg. Eine Warnung an die Baubehörde?

Mit Rachegedanken im Kopf machte sie ihren Computer aus, löschte das Licht, schloss ihr Zimmer ab und verließ die Redaktion.

Ihre Enttäuschung wurde in den nächsten Tagen ins Gegenteil verkehrt als sie einen Anruf von Julian erhielt. Sie sollte das neue Polma-Heft kaufen; da sei eine Überraschung drin.

Tatsächlich brachte das Magazin einen großen Bericht über den Bauskandal. Schon der Titel war ein Hingucker:

Die neuen Amigos von München

Die neue Zeitschrift (der Name leitete sich ab von Politisches Magazin) hatte die Bloggerin und Conny interviewt. Die Wohnungsproblematik in München wurde stark ausgebreitet und mit vielen Fakten unterlegt. Auch die Kündigung von Conny wurde mit hämischen Kommentaren begleitet.

Wie erwartet wies die Baubehörde, namentlich der betroffene Franz Eichseher, jeglichen

Bestechungsversuch zurück – der Baulöwe Obermayer ebenso. Doch kaum einer glaubte ihnen; die Tatsachen sprachen dagegen.

Vor allem der Chefredakteur wurde unter Beschuss genommen. Denn die Kündigung von Conny wurde mit einem Schuldeingeständnis gleichgesetzt.

Conny hatte natürlich das Veröffentlichungsverbot publik gemacht. Der Verlagsleiter wiederum feuerte den Chefredakteur. Georg Obermayer nahm einen unbezahlten Urlaub und der Baulöwe tauchte gleich ganz ab.

Die Münchner Medien hatten ihren Medienskandal. Genüsslich hieb das Fernsehen und auch einige private Rundfunksender auf die Beschuldigten ein. Conny wurde zur Heldin hochstilisiert, was der gar nicht passte.

Der neue Chefredakteur des Boulevardblattes machte Conny sofort ein Angebot, dass sie wieder an ihren Arbeitsplatz zurück sollte. Sogar ein Kabarettist baute den Skandal in sein aktuelles Programm ein.

Conny erbat sich Bedenkzeit. Nach einer Schamfrist nahm sie ihren alten Job wieder an. Jetzt wurde sie in der Redaktion bewundert. Der Chefredakteur gewährte ihr große Freiheiten.

»Ich habe es immer gesagt«, meinte dann Thomas, »Du musst kämpfen, aktiv werden, nicht warten, ob etwas auf Dich zukommt!«

Auch Thomas kämpfte. Er setzte alles daran, seine Idee mit ehrlichen Reisebeschreibungen durchzusetzen. Albrecht wehrte sich lange, das Testkonzept hatte ihn dann doch überzeugt. Er dachte an die Kosten und ob er sich nicht in der Branche damit blamieren würde.

Schließlich war es so weit. Er brachte den ersten Reiseprospekt über die Kanaren heraus. Hier wurden die positiven und negativen Seiten der kanarischen Inseln konkret angesprochen: der Massentourismus auf Gran Canaria und Teneriffa ebenso wie die stillen und einsamen Strandabschnitte auf Lanzarotes Norden. Jede Insel erhielt eine objektive Bewertung, so gut es ging. Ebenso die einzelnen Hotels und Ferienwohnungen.

Langsam sprach sich das neue Konzept herum. Den Durchbruch brachte aber die Bilanzpressekonferenz. Nachdem die Finanz-Geschichte abgehandelt war meldeten sich einige Journalisten und fragten nach der neuen Konzeption. Der Pressesprecher des Reisekonzerns gab diese Fragen an Thomas weiter.

Dieser hatte nun das Forum, seine Sicht der Dinge zu erklären. Er machte dies bravourös und überzeugend. Der Erfolg zeigte sich sofort. Schon am Abend berichteten die öffentlichen und privaten TV- und Radiosender sowie die Online-Portale über den gewagten Schritt.

Das Statement von Thomas wurde mehrmals eingeblendet. Auch die Printmedien schlugen am nächsten Morgen in die gleiche Kerbe. Auch Conny war bei der Konferenz dabei gewesen und sie blies die Geschichte in ihrem Blatt mächtig auf. Sie konnte ihren Report schon auf der ersten Seite ankündigen:

Der erste lügenfreie Reisekatalog ist da

Endlich ist passiert, was wir Verbraucher schon lange gewünscht haben: Ein Reiseunternehmen, das uns Touristen offen über Vorteile und Nachteile der Angebote informiert. In der gestrigen Pressekonferenz erklärte Thomas Coller: Wir machen Schluss mit der schöngefärbten heilen Welt – wir sagen unseren Kunden knallhart die Wahrheit ...«

weiter auf Seite 12

Die Konkurrenz schaute ungläubig. Die Kunden kamen in Scharen. Klingtours war ein richtiger Marketing-Coup gelungen. Der Erfolg war so überwältigend, dass der Konzern auch die anderen Reiseprospekte in dieser Manier auflegen musste.

Mit der Zeit gehörte die Coller-Agentur zu den führenden in der Reisebranche. Die Idee Negatives positiv zu verkaufen hatte sich durchgesetzt. Auch andere Branchen, die mit den üblichen Verschleierungs-Tricks arbeiteten, wachten auf. Eine neue Dienstleistungs-Kultur entwickelte sich.

Die Medien hatten großen Anteil. In unzähligen Talkrunden wurde die neue Händlerkultur zum zentralen Thema. Von der Autobranche bis zur Supermarkt-Kette – plötzlich entdeckten die Werber das Naheliegende: die Wahrheit.

Kapitel 32

Julian besuchte Conny. Sie war anders als sonst. Irgendwas stimmte nicht. Sie schwiegen sich an. Plötzlich sagte sie:
»Julian, die haben mich gefeuert!«
»Was?«
»Ja, gefeuert!
Dann erzählte sie die Sache mit der Bestechung. Und was dann passierte.

Als Conny an dem bewussten Tag nach Hause ging, steigerte sie sich in eine richtige Wut hinein. Klein beigeben, niemals. Dieser Chefredakteur – ein Schlappschwanz.

Im München explodieren die Baupreise, Alteingesessene müssen die Hauptstadt verlassen, weil sie die hohen Mieten nicht bezahlen können. Eigentumswohnungen kosten schon fast 10000 Euro pro Quadratmeter und Mieter müssen schon 15 Euro pro Quadratmeter zahlen. Luxussanierungen sind an der Tagesordnung.

Sie kochte vor Wut. Und die Profiteure kommen ungestraft davon. Conny rief eine Freundin von ihr an, erzählte die Geschichte. Sie war eine Bloggerin und bot sofort an, unter eigenem Namen diesen Skandal aufzudecken.

Conny war es recht. Aber nicht dem Chefredakteur. Der erfuhr als einer der Ersten von diesem Blog, der in der Stadt Furore machte, weil Ross und Reiter genannt wurden.

»Das kommt doch von Ihnen«, baffte er sie an. »Und es dauert nicht lange und die Spur führt hier zur Redaktion.«

»Ich dachte, wir haben hier eine freie Presse, die Skandale aufdeckt und nicht zudeckt.«

»Was erlauben Sie sich«, schrie der Chefredakteur. »Ich lass mir von Ihnen doch nicht sagen, was ich zu tun habe. Sie sind gefeuert!«

Diese Katastrophe war aber noch harmlos zum nächsten Niederschlag, der Thomas den Boden unter den Füßen wegzog. Als er spät abends das Büo verlassen wollte klingelte das Telefon. Eine Stimme krächzte:

»Coller wir wissen alles. Wir wissen, dass die Black Lady Deine Frau war. Wir wissen, dass du Deinen Konkurrenten über Bord geworfen hast und was Ihr mit Johnny gemacht habt. Du bist jetzt dran. Du haftest für Deinen Freund Kohlmauer. Du wirst die fehlenden 3,6 Millionen zahlen. Morgen um die gleiche

Zeit bekommst Du einen Anruf. Keine Polizei oder Deiner Familie passiert was!«

Wie betäubt verließ Thomas seinen Arbeitsplatz. Er konnte nicht klar genug denken. Die wissen tatsächlich alles, durchfuhr es ihn. Er konnte seiner Frau nichts sagen. Nicht sofort. Wieso 3,6 Millionen? Er erinnerte sich: David sollte wegen der Drogengeschichte 5 Millionen zahlen und hatte 1,4 Millionen unterschlagen.

Und tatsächlich kam am nächsten Abend um die gleiche Zeit ein weiterer Anruf. Der Krächzer teilte exakte Anweisungen, wie und wo die Millionen in 14 Tagen übergeben werden sollten. Millionen, die er nicht hatte. Und die er nie und nimmer auftreiben konnte.

Nach drei Tagen ständiger Überlegungen fasste er all seinen Mut zusammen und ging zu seinem Boss. Er erzählte diesem haarklein, was vorgefallen war. Albrecht nickte nachdenklich und bat sich einen Tag Bedenkzeit.

Am nächsten Tag trafen sie sich wieder. Albrecht ging ohne Umschweife auf das Thema los: »Ich habe mit Herrn Kohlmauer telefoniert. Er hat mich von der Gefährlichkeit dieses Drogenkartells überzeugt. Es soll ein Ableger der kalabrischen ›Ndrangheta oder der Camorra aus Kampanien sein. Die seien in Deutschland nicht so gefährdet wie in Italien. Ich sehe für Sie nur eine Möglichkeit: Sie ziehen mit Ihrer Familie nach Singapur. Ich will die dortige Niederlassung ohnehin groß ausbauen. Was sagen Sie?«

Verblüfft schaute Thomas Albrecht an. Er brachte keinen Ton heraus. Albrecht fuhr fort:

»In Singapur werden Handel, Herstellung, Einfuhr von Drogen mit dem Tode bestraft. Wenn einer nur 15 Gramm Heroin bei sich hat, wird von Handel ausgegangen. Dort wären Sie mit Ihrer Familie sicher. Die Polizei soll dort brutal durchgreifen – so hat mit Herr Kohlmauer versichert.«

Thomas war immer noch neben sich:

»Was kann ich dort machen?« brachte er noch heraus.

»Sie könnten den Werbepart und Marketingaufgaben übernehmen, Herr Kohlmauer soll sich auf seine Managementfunktion konzentrieren. Wir wollen vor allem die betuchten Chinesen und andere asiatische Touristen nach Europa locken.«

Endlich hatte Thomas sich wieder im Griff. Er sagte sofort zu. Und wusste gleichzeitig nicht, wie er das seiner Familie beibringen wollte. Er resignierte, er wollte nicht mehr kämpfen. Er wollte nur noch weg!

Es gab tagelang Diskussionen. Nachdem nach drei Tagen wieder ein Anruf des Krächzers kam, der mit konkreten Drohungen nicht sparte, wussten die Familienmitglieder: Es gab keine Alternative. Um ihre Eltern aufzumuntern, sagten die beiden Kinder mit gebremsten Optimismus: »Wir schaffen das!« Obwohl beide, Julian wie Mia, auf ihre Partner und Freunde verzichten mussten.Die Stimmung war gedrückt.

Kapitel 33

Albrecht delegierte zwei seiner engsten Mitarbeiter damit, den Umzug diskret ohne Wissen der Drogenmafia vorzubereiten. Sie heckten folgenden Plan aus: Am Tag x sollte die Familie – reisefertig – abends in ein bestimmtes Restaurant gehen. Dass Mafialeute dies beobachten würden, war eingeplant. Nach dem Essen sollte ein Kurzschluss das Licht im Lokal löschen und die Familie durch einen Hinterausgang verschwinden. Ein Auto mitsamt Gepäck würde sie zum Flughafen bringen. Dort sollten sie in einen Privatflieger einsteigen, der sie nach Athen bringen würde. Von dort aus ging es dann mit einer regulären Maschine nach Singapur weiter.

Die Fluchtidee hörte sich verwegen an. Aber sie funktionierte. Auch die nachträgliche Lieferung des wichtigsten Hausrats funktionierte. Inzwischen sollte Kohlmauer eine große Wohnung und den »Employment Pass«, also die Arbeitserlaubnis, organisieren.

Am Changi Airport in Singapur standen

David und Karin aufgeregt am Ausgang, um die Collers gebührend zu empfangen. Riesiges Hallo! Alle redeten durcheinander. David hatte sogar Tränen in den Augen.

Sie fuhren mit Davids SUV zur Wohnung, ziemlich zentral gelegen. Im 8. Stock. Man hatte viel zu erzählen. Selbstredend spielte David am nächsten Tag den Fremdenführer. Alle hatten gelesen, dass Singapur als sauberste der Welt gilt.

David zeigte den Collers die Highlightes der Stadt. Zum Beispiel den Singapore Flyer. Das ist kein gewöhnliches Riesenrad, sondern mit einer Höhe von 165 Metern Höhe das derzeit größte der Welt. Und natürlich den Merlionbrunnen, dem Wahrzeichen der Stadt. Auch die Vergnügungsinsel Sentosa Island durfte nicht fehlen, die auch über eine Seilbahn erreicht wird.

Ein ganz neuer Hingucker war für die Collers das 2010 eröffnete Marina Bay Sands. Die drei Hoteltürme mit je 55 Stockwerken werden durch eine Dachterrasse dem SKYPARK miteinander verbunden. Dort oben auf 191 Metern Höhe befinden sich Restaurants, Nachtclubs, ein Garten mit Bäumen sowie dem weltweit größte Hotelpool in dieser Höhe.

Dann passierte David mit seinem SUV das legendären Raffles Hotel. Es ist ein 1887 im Kolonialstil errichtetes Hotel in Singapur, das nach dem Gründer Singapurs, Sir Thomas Stamford Raffles, benannt ist. Schließlich ging es noch per pedes nach China Town.

Zuhause erzählte David von seinem neuen Leben. Er schwärmte von dem tollen Klima, von den interessanten Begegnungen mit ganz anderen Menschen. Aus Karin hatte sich gut eingelebt.

David meinte: »Das ganze Jahr über finden so viele Feste und Feierlichkeiten statt. Es ist immer was los. Da die Bevölkerung aus Buddhisten, Taoisten, Moslems, Hindus, Christen und Sikhs besteht, geht kaum ein Monat vorbei, im dem es nicht irgendein religiöses oder kulturelles Fest gibt.«

Abends wollten Mia und Julian alleine die Stadt erkunden. Sie nahmen eine 20minütige Bootsfahrt durch die Marina Bay und den Fluss hoch, vorbei an Boat Quay bis Clark Quay. Dabei bewunderten sie die Skyline von unten und strandeten im größten Ausgangsviertel der Stadt.

Doch dann begann der Ernst des Lebens. David führte Thomas ins Berufsleben ein. Seine Frau und Julian konnten ebenfalls ins Unternehmen einsteigen. David als Chef verstand einiges von Menschenführung. Mia wiederum konnte die deutsche Schule besuchen.

Nach drei Monaten hatten sich die Collers eingelebt. Sie fühlten sich sicher und genossen die neue Freiheit. Eines Tages rief Gregor Albrecht seinen Repräsentanten David Kohlmauer an:

»Herr Kohlmauer, die Münchner Polizei beziehungsweise die Drogenfahndung hat mich informiert, dass sie Herrn Coller unbedingt zur weiteren Aufklärung in der bewussten Drogensache hier benötigt. Sie müssen ihm freigeben, er muss so schnell wie möglich nach München fliegen!«

Thomas wollte nicht. Seine Familie ebenso wenig. Doch David drängte. Er konnte seinen Chef nicht verärgern. Missmutig buchte Thomas ein Flugticket.

Nach einem zehnstündigen Flug kam Thomas am frühen Abend im Münchner Airport an. Zwei Polizisten in Zivil sollten ihn erwarten. Er sah die beiden gleich am Ausgang. Den einen kenn ich doch, sagte er zu sich. Als er merkte, was los war, fühlte er einen Pistolenlauf im Rücken. Und er wusste, wer der eine war – niemand anders als Johnny:

»Keine falsche Bewegung, Coller. Wir gehen jetzt zum Parkhaus. Ganz langsam!«

Johnny hatte seinen Regenmantel über die Pistole gelegt. Als sie im Parkhaus ankommen waren, schubste Johnny seinen Gefangenen auf den Hintersitz seines Autos. Sein Kumpan lud den Koffer ein und setzte sich ans Steuer. Alles ging so blitzschnell, dass der ermüdete Thomas die Aktion nicht richtig mitbekam.

Auf der Autobahn hielten die Gangster auf einem leeren Parkplatz. Dann musste Thomas aussteigen und die Hände aufs Autodach legen. Johnny band ihm mit einer schwarzen Binde die Augen zu. Dann brausten sie weiter. Nach einer halben Stunde, so schätzte Thomas, hielt das Auto in einer Tiefgarage.

Thomas musste aussteigen; Johnny nahm die Augenbinde ab. Sie gingen zum Lift und fuhren 13 Stockwerke hoch. Der Lift hielt,

Johnny trat heraus, schaute sich um. Niemand zu sehen. Schräg gegenüber öffnete er eine Wohnungstür und zerrte mit seinem Kumpan Thomas hinein.

Alle Fenster waren abgedunkelt. Es könnte der Stadtteil Neuperlach sein, im Lift hatte eine Werbung einer Neuperlacher Firma gesehen. Thomas wurde in einen Sessel gedrückt und mit einer Hand an den Heizungskörper gefesselt – mit originalen Polizei-Handschellen.

Kapitel 34

Johnny grinste:
»Wir werden Dir das heimzahlen. Ich habe nichts vergessen. Dein Boss wird Dich auslösen müssen. Du weißt wie viel Du uns schuldest ...«

Thomas dachte nur an eines: Zeit gewinnen! Er bluffte:

»OK, ich habe keine Chance. Aber ich verhandle nur mit Deinem Boss. Er soll herkommen!«

»Aha, Du glaubst, Bedingungen stellen zu können. Aber gut, ich muss ihn ohnehin anrufen. Er soll bestimmen, wie es weiter geht!«

Johnny ging ins Nebenzimmer. Thomas hörte leises Gemurmel. Nach einer Weile kam Johnny zurück.

»Hör zu, er kommt morgen früh. Dann geht's auf.«

Die Nacht war furchtbar, er musste gefesselt am Heizkörper im Sessel schlafen. Nur zur Toilette und zum kleinen Frühstück konnte er aufstehen. Aber immer war Johnny mit seiner Pistole in der Nähe.

Etwa um zehn Uhr kam tatsächlich der Mafiaboss. Er machte auf Schauspieler: Fast zwei Meter groß, schwarze Haare mit Gel nach hinten gekämmt, Ray-Ban-Sonnenbrille, eng anliegender dunkler Anzug. Er erfüllte alle Anforderungen, die man einem südländischen Mafioso unterstellte. Unentwegt kaute er auf seinem Kaugummi herum.

Wortlos lief er im Zimmer auf und ab. Das gehörte wohl zur gesamten Show, die er abzog. Dann holte er einen Stuhl zu sich, setzte sich Thomas gegenüber:

»Du weißt, dass wir alles wissen!«

Thomas sagte nichts. Der Mafiaboss spukte seinen Kaugummi aus, holte ein Zigaretten-Etui aus seiner Tasche. Mit Bedacht und extra langsamen Bewegungen zündete er sich einen Glimmstengel an, blies den Rauch genüsslich von sich. Thomas kam sich vor wie in einem Gangsterfilm. Als Jugendlicher war er oft in einem Kino um die Ecke gegangen, das Nostalgie-Streifen im Stil des Film Noir bot. Französische Ganovenfilme mit Maigret, Lino Ventura oder die alten Bogart-Filme wie der Falke oder Casablanca..

Allerdings war die jetzige Situation ernst,

bluternst. Der Mafiaboss warf einen Blick zu Johnny, stand auf und ging ins Nebenzimmer. Er telefonierte. Thomas fiel auf, dass Johnny ihn nicht mit einem Namen ansprach. Sicher wollte der anonym bleiben.

Er kam zurück, setzte sich wieder auf den gleichen Stuhl. Dann sprach er von den fehlenden 3,6 Millionen. Machte wieder eine lange Pause. Dann kam Johnnys Kumpan herein, der die ganze Zeit in der Küche gesessen hatte. Er flüsterte Johnny etwas ins Ohr. Der wieder verzog das Gesicht und bedeutete seinem Chef mit in die Küche zu kommen.

Als beide zurückkehrten brach Nervosität aus. Mit den demonstrativen Überlegenheitsgesten war es vorbei. Die Spannung wuchs. Was war los? Thomas spürte das. Irgendetwas war passiert. Aber was?

Der coole Mafiaboss gab sich nicht mehr cool. Auf seiner Stirn glänzten Schweißperlen. Lähmendes Schweigen. Er zündete sich eine Zigarette nach der anderen an. Auch Johnny grinste nicht mehr.

Auf einmal griff der Pate zu seinem Handy und sagte in Richtung Thomas:

»Ich rufe jetzt Albrecht an und stelle ihm

meine Bedingungen. Er soll Dich auslösen. Es wird ...«

Er kam nicht weiter. Plötzlich krachte es an der Wohnungstür, die mit einer Explosion aufflog. Ein greller Blitz durchzuckte die Wohnung – alle waren geblendet. Ein Trupp bis an die Zähne bewaffnete Polizisten mit Schutzhelmen und Maschinengewehren stürmte herein. Alles lief so blitzschnell ab, dass Thomas kaum mitbekam, wie die drei Gangster am Boden lagen. Über ihnen knieten die ganz in schwarz gekleideten Polizisten.

Ein Mann in Zivil befreite Thomas, der ungläubig vor sich hin starrte.

»Was ist los? Wieso wissen Sie, dass ich hier bin?«

Der Beamte, wohl der Fahndungs-Chef, kniete sich neben ihm und meinte:

»Herr Albrecht hat im Nachhinein gemerkt, dass der Anruf des angeblichen Polizisten etwas seltsam war. Er hat uns nochmals angerufen. Wir haben Sie seit Ihrer Ankunft beobachtet, wollten aber die Hintermänner schnappen. Deshalb haben wir mit dem Zugriff gewartet.«

»Die hätten mich inzwischen umbringen können.«, brachte Thomas hervor.

»Ja, wir müssen uns bei Ihnen entschuldigen. Es war auch Glück dabei, dass der Boss gleich in die Wohnung kam, die wir natürlich ständig observiert hatten.«

Die drei Gangster wurden abgeführt und Thomas mit dem Polizeiwagen zu Albrecht gebracht. Der entschuldigte sich ebenfalls mehrmals. Er hatte sich geärgert, auf den Trick hereingefallen zu sein. Thomas konnte die Nacht in seinem Haus verbringen.

Am Abend telefonierte er mit seiner Familie in Singapur. Er erzähle eine geschönte Story und berichtete nur die halbe Wahrheit. Die Hauptsache, der eigentliche Befreiungs-Coup, verharmloste er. Die Familie sollte sich nicht zu sehr aufregen.

Am nächsten Morgen brachte Gregor Albrecht selbst Thomas zum Flughafen. Albrecht hatte ein schlechtes Gewissen. Diesen Fehler würde er sich nie verzeihen. Als sie ausstiegen, las Thomas auf dem Münchner Abendblatt die Schlagzeile:

Der Held des Tages:

Münchner brachte Mafiaboss zur Strecke

»Jetzt sind Sie noch ein Held«, rief lachend Albrecht, »aber im Ernst: Ich stehe tief in Ihrer Schuld. Ich werde Sie und Ihre Familie großzügig unterstützen.«

»Dafür danke ich Ihnen«, meinte Thomas, »aber jetzt bleibe ich mit meiner Familie in Singapur. So schnell komme ich nicht wieder!«

Damit verabschiedete er sich von Albrecht und betrat das Terminal 2 im Münchener Flughafen. Nachdenklich, aber auch erleichtert schritt er auf den Flugschalter zu. Der Albtraum lag hinter ihm.

Albrecht hatte ein Business-Ticket reservieren lassen. In der VIP-Lounge blätterte er die Münchner Zeitungen durch. Tatsächlich berichteten alle über die Befreiungs-Aktion. Alle erwähnten den coolen Helden Thomas C. Dann kam der Aufruf. Natürlich nahm er paar Zeitungen mit, um sie seiner Familie zu präsentieren. Er ging durch sein Gate und nahm seinen Platz im Airbus A 380 ein.

20 Minuten später startete der Flieger. Wehmütig schaute Thomas aus dem Fenster, langsam verschwand die Stadt, in der er so viel erlebt hatte. Vielleicht musste er doch nochmal

zurück, um vor Gericht als Zeuge auszusagen. Daran wollte er jetzt aber nicht denken. Dann schloss er die Augen.